EL
I

Barbara Cartland

Título original: A Tangled Web

Barbara Cartland Ebooks Ltd
Esta edición © 2013

Derechos Reservados Cartland Promotions

Diseño de libro por M-Y Books

m-ybooks.co.uk

La Colección Eterna de Barbara Cartland.

La Colección Eterna de Barbara Cartland es la única oportunidad de coleccionar todas las quinientas hermosas novelas románticas escritas por la más connotada y siempre recordada escritora romántica.

Denominada la Colección Eterna debido a las inspirantes historias de amor, tal y como el amor nos inspira en todos los tiempos. Los libros serán publicados en internet ofreciendo cuatro títulos mensuales hasta que todas las quinientas novelas estén disponibles.

La Colección Eterna, mostrando un romance puro y clásico tal y como es el amor en todo el mundo y en todas las épocas.

LA FINADA DAMA BARBARA CARTLAND

Barbara Cartland, quien nos dejó en Mayo del 2000 a la grandiosa edad de noventaiocho años, permanece como una de las novelistas románticas más famosa. Con ventas mundiales de más de un billón de libros, sus sobresalientes 723 títulos han sido publicados en treintaiseis idiomas, disponibles así para todos los lectores que disfrutan del romance en el mundo.

Escribió su primer libro "El Rompecabeza" a la edad de 21 años, convirtiéndose desde su inicio en un éxito de librería. Basada en este éxito inicial, empezó a escribir continuamente a lo largo de toda su vida, logrando éxitos de librería durante 76 sorprendentes años. Además de la legión de seguidores de sus libros en el Reino Unido y en Europa, sus libros han sido inmensamente populares en los Estados Unidos de Norte América. En 1976, Barbara Cartland alcanzó el logro nunca antes alcanzado de mantener dos de sus títulos como números 1 y 2 en la prestigiosa lista de Exitos de Librería de B. Dalton

A pesar de ser frecuentemente conocida como la "Reina del Romance", Barbara Cartland también escribió varias biografías históricas, seis autobiografías y numerosas obras de teatro así como libros sobre la vida, el amor, la salud y la gastronomía. Llegó a ser conocida como una de las más populares personalidades de las comunicaciones y vestida con el color rosa como su sello de identificación, Barbara habló en radio y en televisión sobre temas sociales y políticos al igual que en muchas presentaciones personales.

En 1991, se le concedió el honor de Dama de la Orden del Imperio Británico por su contribución a la literatura y por su trabajo en causas a favor de la humanidad y de los más necesitados.

Conocida por su belleza, estilo y vitalidad, Barbara Cartland se convirtió en una leyenda durante su vida. Mejor recordada por sus maravillosas novelas románticas y amada por millones de lectores a través el mundo, sus libros permanecen atesorando a sus héroes valientes, a sus valerosas heroínas y a los valores tradiciones. Pero por sobre todo, es la , primordial creencia de Barbara Cartland en el valor positivo del amor para ayudar, curar y mejorar la calidad de vida de todos que la convierte en un ser verdaderamente único.

Capítulo 1
1896

CAROLA, que cabalgaba en dirección a su casa, pasó por Brox Hall y pensó, como tantas otras veces, que era la casa más hermosa que había visto nunca.

Correspondía al estilo de su época favorita, ya que había sido edificada a mediados del siglo XVIII.

Las estatuas de la cornisa superior a la altura del techo aparecían siluetas recortadas contra el fondo del cielo.

Solía siempre deprimirla, sin embargo, ver que la mayor parte de las ventanas permanecían tapiadas. Nadie habitaba la enorme mansión, aparte de los dos viejos cuidadores que llevaban en ella años y años.

Lo que hacía más triste aún el asunto era que el Marqués de Broxbourne estaba en Londres. Según le había contado a Carola su hermano, que lo conocía, se dedicaba únicamente a divertirse.

–¿Por qué no vuelve a su casa, la abre y dedica su tiempo a mejorar la propiedad?–, se decía la joven.

Pero bien sabía que la razón estaba en que no había suficiente dinero.

Lo mismo les sucedía a otras muchas familias aristócratas. Todo se había vuelto más caro y las grandes casas, que solían emplear un ejército de sirvientes, ya no podían sostenerlas sus dueños.

Mientras continuaba su camino, Carola pensó que debía sentirse agradecida de que la casa donde su familia había vivido durante generaciones fuera mucho más pequeña.

El primer Barón había obtenido el título durante el Reinado de Jacobo II, y en cada generación sucesiva hubo siempre un hijo varón que heredara el título.

Su hermano Peter era en la actualidad el sexto Barón y se sentía sumamente orgulloso, no sólo de su nombre, sino también de su finca, aunque ésta era mucho más pequeña que la del Marqués.

Éste nunca iba Brox Hall y, por lo tanto, no se sentía deprimido al ver los campos sin arar y los setos sin recortar. Había dos o tres arrendatarios en la finca, pero incluso ellos se sentían desalentados por el hecho de no ver nunca a Su Señoría. Carola continuó cabalgando y pasó de Brox Hall a su propia finca.

Aquella era una parte solitaria del condado.

Aparte del Marqués de Broxbourne, no había ningún terrateniente por allí.

Para Carola, lo mas deprimente era que tampoco había familias lo bastante acomodadas para celebrar fiestas a menudo. Se daban algunas por Navidad, y el representante de la Reina en el condado, que en circunstancias normales debía haberlo sido el Marqués, organizaba una gran reunión en su jardín cada verano. Eran las únicas oportunidades para que quienes vivían en aquel olvidado rincón del mundo se conocieran. Tenía la impresión de que cuando se despedían, al final de cada fiesta, siempre decían: "Nos veremos el próximo año"

Un poco más adelante, Carola divisó la Casa Greton, la cual había sido tan alterada en tiempos de la

Reina Ana, que ahora se hacía difícil reconocer que había sido construida en una época anterior.

Quedaban, sin embargo, algunas habitaciones con muros de más de medio metro de espesor y ventanas con paneles de pequeños cristales emplomados.

Las habitaciones principales eran amplias y de techos muy altos. Como el Padre de Carola solía decir en tono de broma:

—Al menos puedo permanecer en ellas con la cabeza levantada.

El Padre de Carola había sido un hombre muy alto, como ahora lo era su hermano Peter.

Ella, en cambio se alegraba de parecerse a su madre, que había sido pequeña y graciosa.

Desgraciadamente, era también una mujer muy frágil, de modo que un año antes había seguido a su esposo a la tumba.

—Mamá, simplemente, no quería seguir viviendo», pensaba Carola con frecuencia.

Esperaba conocer algún día un hombre que la amara como sus Padres se habían amado.

Mas no parecía tener muchas probabilidades de que tal cosa ocurriese, por el momento al menos.

Pocos jóvenes de las familias vecinas querían permanecer en el campo, a menos que estuvieran casados.

Preferían irse a Londres, como su hermano Peter, y divertirse de la misma forma que el Príncipe de Gales, cuyo ejemplo seguían en todo.

Allí se relacionaban con las bellezas "oficiales" de la Alta Sociedad, cuyas fotografías se podían comprar en muchas papelerías, y llevaban a cenar a las fascinantes coristas del *Teatro Gaiety*.

Era Peter quien le había contado cuan emocionante era esto y también que cenar en el selecto restaurante *Romano's* era uno de los mayores lujos a que un joven podía aspirar.

Por cierto que Peter exclamó ceñudo,

—¡Demasiado caro para mí!

—¿Caro?—preguntó Carola—. ¿Te refieres a la comida?

Hubo una ligera pausa antes de que Peter repusiera,

—Sí, a la comida, y bueno a las flores que uno tiene que enviarle a la muchacha que invita.

Cambió de tema en el acto y Carola no pudo entender por qué no quería seguir hablando del asunto.

Cuando su Madre vivía, se había planeado que Carola fuese a Londres para ser presentada en la corte, y si no, a la Reina Victoria, al Príncipe de Gales y a su bella esposa, la Princesa Alejandra.

Mas ahora, pasado un año de luto, ningún familiar se había ofrecido a apadrinar su presentación.

Por lo tanto, estaba resignada a vivir en el campo. Montaba los caballos que tenían y esperaba con paciencia las infrecuentes visitas de Peter.

Éste la quería mucho, pero Carola sabía que iba sólo porque lo consideraba su deber.

Había semanas enteras en las que no veía a nadie, aparte de gente de la aldea y, por supuesto, al Vicario.

Le habría resultado una vida muy solitaria, de no ser por la amplia biblioteca de su padre, que éste había ido aumentando año tras año, como lo hicieran sus antepasados.

Por lo tanto, siempre había algo que a Carola le apetecía leer. Se llevaba un libro a la cama todas las noches y leía hasta que los ojos se le cerraban de sueño.

–Supongo–, se dijo ahora, mientras seguía cabalgando hacia la casa, –que podría organizar alguna fiesta.

Era, la Señora Newman, la cocinera que llevaba tantos años con ellos, quien se lo había sugerido,

–¿Por qué no invita a algunos amigos suyos a almorzar, Señorita? Estoy cansada de cocinar sólo un plato o dos para usted. Si seguimos así, se me van a olvidar mis mejores recetas.

–Es una buena idea, ciertamente– aprobó Carola–. Pero tal vez la gente encuentre aburrido venir aquí, a menos que Sir Peter estuviera en casa.

–Sir Peter se está divirtiendo en Londres– agregó la Señora Newman con firmeza–, y me parece justo que usted se divierta aquí.

Carola rió al oír esto.

–Haré una lista de las personas que no he visto en mucho tiempo y tal vez organice un almuerzo el próximo domingo.

Según recordaba, su Madre decía que el domingo era el mejor día para las invitaciones.

Los vecinos no estaban ocupados, ni atendiendo sus jardines, ni haciendo compras en los pueblos cercanos donde había mercado, ni en los Comités de Beneficencia.

Carola se encontró, sin embargo, con que hacer una lista no era tan fácil como imaginaba.

La mayor parte de las chicas de su propia edad, diecinueve años, se habían presentado en sociedad el año anterior. Muchas de ellas se habían casado ya y, en los fines de semana estaban ocupadas recibiendo a las nuevas amistades que habían hecho en Londres.

Carola comprendía que una muchacha joven y soltera como ella no encajaba en tales reuniones.

Pero había, además, otro motivo – aunque Carola no se diera cuenta de ello, era demasiado bonita y atractiva para que muchas de sus amigas no estuvieran celosas de ella. Su madre había sido muy hermosa y Carola heredó su belleza.

Tenía el cabello rojo, pero de un tono nada corriente. Era dorado en las raíces y parecía salpicado de fuego. Cuando el sol le daba en la cabeza, su aspecto era tan esplendoroso que los hombres contenían la respiración al mirarla. Había un matiz verde en sus ojos, mas no esmeralda, sino el verde claro de un arroyuelo transparente. Y como les ocurre a casi todas las pelirrojas, su piel era de un blanco translúcido.

Debido primero a la prolongada enfermedad de su madre y luego al año de luto, Carola había recibido muy pocos cumplidos, y no tenía idea de lo original que era su belleza.

La joven no lo sabía, pero durante su última estancia en la casa, Peter se había dicho que debía hacer algo por ella.

–Debo encontrar a alguien que le sirva de Dama de Compañía, para que pueda ir Londres–, pensó.

No se lo dijo a su hermana para no hacerle concebir esperanzas que tal vez luego no pudieran realizarse.

Peter había interrogado de forma tentativa a una o dos de las bellas mujeres con las que se relacionaba en

Londres y ellas, mujeres jóvenes y con hijos todavía muy pequeños, si bien estaban interesadas por Peter porque era un muchacho muy apuesto, no deseaban oír la triste historia de su hermana.

Al enfilar al sendero de entrada, Carola iba pensando en Peter y en algunas de las reparaciones que era preciso hacer en la casa. No le gustaba dar orden de que se hicieran, sin consultarlo antes a él.

Tenía la sospecha de que Peter estaba gastando más de la cuenta en Londres, lo que podía significar que no tuviera el dinero suficiente para hacerlas.

—Debo preguntárselo—, se propuso.

Le disgustaba mucho que la casa no se mantuviera tal como estaba en tiempos de su Padre. Una teja suelta, un vidrio roto, preocupaban a su hermano, tanto como a ella, hasta que no se reparaban.

—Cuando heredé la casa de mis Padres—, había dicho su Padre, estaba perfecta, y así he de conservarla para Peter.

—Claro que sí, Papá—aprobó Carola—. Yo también me siento muy orgullosa de esta casa. Es el hogar más agradable que nadie puede desear.

Su Padre, evidentemente satisfecho con la respuesta de ella, la besó y dijo,

—Espero, querida mía, que cuando te cases y tengas que irte a vivir a otra parte, tengas una casa tan acogedora como ésta.

Carola hubiera querido decir que lo que ella deseaba era una casa llena de amor, pero temió que su padre encontrara impropio oírla hablar de amor cuando sólo tenía diecisiete años. En lugar de decir nada más, se fueron cogidos de la mano a la biblioteca, para desembalar algunos libros nuevos que acababan de llegar de Londres.

Mientras recorría la larga avenida que servía de sendero de entrada, bordeada por grandes limoneros, vio la Casa Greton al frente y, junto a la puerta había un carruaje tirado por dos caballos.

Con un vuelco del corazón, comprendió que Peter estaba en casa.

No se detuvo a pensar por qué no le había avisado de su llegada ó de preguntarse si sería él realmente ó no.

Simplemente, lanzó su caballo al galope para recorrer los pocos metros que el faltaban y llegó en cuestión de segundos. El caballerango, que era el que cuidaba de los caballos de Peter en Londres, la saludó llevándose la mano a la frente.

–¡Buenas tardes, Jim!– lo saludó a su vez Carola–. En cuanto he visto el coche, me he dicho que Sir Peter había llegado.

–Me alegra mucho volver a verla, Señorita– dijo Jim, mientras cogía a los caballos de las riendas para llevárselos al establo junto con el vehículo.

Carola descabalgó y un mozo de la casa acudió a hacerse cargo de su montura.

Ella subió apresuradamente la escalinata.

No había nadie en el vestíbulo, pero la puerta del salón estaba abierta, cosa extraña porque aquella estancia se usaba muy pocas veces en la actualidad.

Sorprendida, vio que Peter se hallaba en pie al fondo de ella, cuando generalmente prefería el estudio que había sido el refugio de su padre. Había en él un gran número de cuadros deportivos que Peter y Carola amaban desde niños.

Por el momento, sin embargo Carola no podía pensar en nada más que en la llegada de Peter

Corrió hacia él con una exclamación de alegría,

—¡Estas en casa! ¡Oh, Peter, ¿por qué no me avisaste que venías?

Su hermano la besó y dijo,

—No había tiempo, Carola. Estoy aquí porque necesito tu ayuda.

—¿Mi ayuda?— exclamó Carola—. ¿Qué ocurre? ¿Te ha sucedido algo malo?

—No, no pasa nada malo— contestó Peter—. Es sólo que necesito que me ayudes. No hay nadie más que pueda hacerlo.

Carola decidió contener su impaciencia y ofreció,

—Si vienes de Londres, querrás comer o beber algo.

—No tengo hambre, me detuve a almorzar por el camino, pero sí me gustaría algo de beber, si es que lo hay.

—Diré a Newman que suba del sótano una de las botellas del clarete favorito de Papá.

Carola dirigió una sonrisa radiante a su hermano y salió de la estancia.

Peter la siguió con la mirada, pensando que estaba todavía más bonita que la última ocasión en que la había visto.

«Supongo», se dijo, «que no debería pedirle que hiciera esto, pero no hay nadie más que pueda hacerlo— y no creo que la perjudique en absoluto».

Carola encontró a Newman sentado en la cocina, en mangas de camisa y charlando con su esposa.

Igual que a ésta, al mayordomo le hubiera encantado tener que pulir la plata para una fiesta. Carola sabía muy bien que pasaba el tiempo en la cocina porque no tenía mucho que hacer.

—¡Sir Peter está en casa!— anunció al entrar en la cocina.

—¿Sir Peter?— exclamó Newman levantándose—. ¡Vaya, esto sí es una sorpresa!

—En efecto— convino Carola—. Viene desde Londres y le gustaría tomar una copa de clarete.

Newman se había puesto ya su levita.

—Tengo siempre una botella a mano, Señorita, por si hay una emergencia como ésta.

Carola sonrió.

—Espero que tenga usted algo realmente delicioso para cenar, Señora Newman— dijo—. Ya sabe cuánto le gusta a Sir Peter cómo cocina usted.

La Señora Newman levantó las manos en expresivo ademán.

—¡No sé por qué no puede avisarnos con anticipación que va a venir! No hay nada adecuado en la despensa.

Carola no le prestó atención. Sabía que la Señora Newman encontraría algo que preparar, y ella quería volver cuando antes al lado de su hermano.

Mientras iba por el pasillo se quitó el sombrero de montar. Su cabello qué parecía cobrar vida cuando era liberado, reflejó la luz del sol al entrar ella de nuevo en el salón.

—Newman estará aquí con el clarete dentro de un momento— dijo —. Bien, cuéntame ya por qué has vuelto a casa.

Se sentó en el sofá. Se le veía, aunque a ella no se le ocurriera pensarlo, muy poco convencional. Debido a que hacía tanto calor había ido a montar sin chaqueta y llevaba sólo una blusa de muselina blanca con la falda de montar. Con el cabello alborotado, parecía una colegiala y no lo que era realmente – una joven casadera que debía estar disfrutando de su segunda Temporada Social en Londres. Se dio cuenta de que su hermano la contemplaba con aire crítico e insistió impaciente,

–¿Por qué estas aquí? ¡Dímelo!

Antes de que Peter pudiera contestar, entró Newman llevando una bandeja de plata en la que había una botella de clarete y una copa.

–Buenas tardes, Newman– lo saludó Peter–. Supongo que te sorprende verme aquí.

–Es siempre un placer tenerlo en casa, Sir Peter– contestó el mayordomo–. Sólo que, como usted sabe, a la Señora Newman le gusta ofrecerle lo mejor y prefiere que le avise con tiempo cuando va a venir.

–Lo sé, lo sé– contestó Peter–, pero era importante que hablara con la Señorita Carola, así que salí inmediatamente después del desayuno. ¡Y si descuento el tempo que me ha llevado almorzar, creo que he batido mi propia marca!

–Eso es algo que usted hace con frecuencia– sonrió Newman–. No obstante, Sir Peter, debe usted tener cuidado al conducir por esos caminos. Se han producido muchos accidentes últimamente.

Mientras Peter bebía un sorbo del excelente clarete que le había servido Newman, éste puso la botella en una mesita y salió de la estancia.

Una vez que se cerró la puerta, Peter dijo,

—Estoy ansioso de explicarte por qué he venido, Carola. Creo que te espera una sorpresa.

—Nada me gusta mas que una sorpresa. ¡Y hay tan pocas sorpresas en la Casa Greton!– suspiró la joven.

—¿Sí? Pues ésta va a compensar la escasez de ellas.

Peter bebió un poco más de clarete y dijo,

—¿Recuerdas a mi amigo, el Marqués de Broxbourne?

—Pensaba en él hace unos minutos, al pasar frente a Brox Hall– repuso Carola–. Es una lástima que nunca venga a su finca.

—Eso es lo que pretende hacer ahora.

Carola miró asombrada a su hermano.

—¿Quieres decir– que va a abrirla casa? ¡Oh, Peter, qué emocionante!

—Sí, piensa abrir la casa– confirmó Peter hablando lentamente–, pero de ti depende que permanezca abierta.

Los ojos de Carola parecieron llenar toda su cara.

—¿Depende– de mí? No entiendo lo que quieres decir.

—Te lo voy a explicar. Como bien sabes, fui compañero de Broxbourne en Oxford, aunque él no había heredado el título todavía. Pero Broxbourne era mayor que yo y no nos hicimos realmente amigos hasta que, más adelante, nos reencontramos en Londres.

Carola recordó que Peter había recibido como un honor el que el Marqués lo invitase a las fiestas que daba en su casa de la Avenida del Parque, y siempre hablaba con admiración de Broxbourne cuando volvía a casa.

—También sabes– continuó Peter– que el Marqués nunca ha podido abrir su casa, aunque siempre ha deseado hacerlo. Carola miró a su hermano con extrañeza.

—No me habías dicho nada de eso. Yo siempre imaginé que no le interesaba la casa familiar y consideraba aburrida la vida en el campo.

—Esa es la razón que dio, porque era demasiado orgulloso para admitir que resultaba excesivamente costoso para él sostener la casa y las tierras, a menos que renunciase a su vivienda de Londres y a los caballos que tiene en Newmarket.

Carola comprendió que esto debía ser muy difícil para él. Pero le parecía muy triste que alguien que poseía una casa con tanto valor histórico como aquélla, la tuviese abandonada.

Como si adivinara lo que ella estaba pensando, Peter dijo,

—Creo que Broxbourne soñó siempre que un día se arreglarían las cosas y ahora, por fin, le ha llegado la oportunidad.

—¿De qué modo?— preguntó Carola.

—Tal como te conté, fue a los Estados Unidos poco después de la Navidad— contestó Peter.

No le había contado nada, pero Carola prefirió no interrumpirle.

—Allí conoció a un hombre llamado Alton Westwood que piensa dedicarse a la producción de coches de motor en gran cantidad, a fabricar "automóviles", como los llaman en América.

—¿Coches de motor? ¿Automóviles?— repitió Carola.

Sólo había visto dos automóviles en su vida y le parecía extraño que alguien estuviera planeando producirlos en gran escala. Desde luego, había leído lo que publicaban los periódicos acerca de los coches que se construían en Inglaterra y en Francia, mas no conocía a nadie que tuviera uno.

—Para no hacer la historia larga— continuó Peter—, Alton Westwood quiere que sus automóviles se vendan en todo el mundo y, con el fin de asegurarse de que también se vendan en Inglaterra, va a crear una compañía de la que Broxbourne espera ser Presidente. Entonces el Marqués pedirá a varios de sus amigos, destacados aristócratas, que formen parte del Consejo de Dirección.

—¿Y este norteamericano cree que pueden venderse sus automóviles aquí?— preguntó Carola.

—¡Claro que se venderán!— afirmó Peter—. Y, por supuesto, la prensa comentará sobre algo que está patrocinado por personalidades como Broxbourne.

—Sí, desde luego, eso lo entiendo— murmuró Carola, mientras se preguntaba qué tenía que ver ella con todo aquello.

—Broxbourne me ha pedido que entre en el Consejo de Dirección— dijo Peter lleno de orgullo— y, desde luego, yo acepté encantado. Ayer logró convencer a un duque y a otros dos nobles que son amigos íntimos del Príncipe de Gales, para que se unan a nosotros. Eso, sin duda alguna, despertará el interés real por la compañía de Westwood.

—Parece algo muy emocionante y estoy encantada, Peter, de que el Marqués te haya invitado a ser miembro del consejo.

—Me habría molestado mucho verme excluido— declaró Peter.

–¿Y eso significa realmente– preguntó Carola– que el Marqués tendrá dinero para abrir la casa?

–¡Claro que sí! Alton Westwood es ya multimillonario, porque tiene un gran número de acciones en un ferrocarril norteamericano, y creo que también encontró petróleo en su rancho de Tejas.

Carola contuvo el aliento.

Había oído hablar de aquellos norteamericanos inmensamente ricos y le parecía algo injusto que en Inglaterra, un país mucho más antiguo, hubiera tantas grandes familias con problemas económicos.

–Lo que Alton Westwood pretende– continuaba diciendo su hermano– es dar a la prensa la noticia del establecimiento de su compañía y, dentro de unos meses, celebrar en Londres una exposición de sus automóviles.

–Eso parece muy interesante– opinió Carola.

–Lo es– afirmó Peter–, pero hay un pequeño problema.

–¿Cuál?

–Cuando el Marqués estuvo en los Estados Unidos, Westwood le dijo que había oído hablar de Brox Hall y le gustaría visitarlo. También sugirió que sería buena idea que el Marqués invitase a sus amigos a conocerlo en su casa familiar.

–¿Quiere que los traiga– aquí?– se sorprendió Carola.

–Sí– contestó Peter–. Westwood piensa que almorzar o cenar con ellos en Londres es muy diferente a pasar un fin de semana en Brox Hall, donde puede entusiasmarlos respecto a su automóvil. Aquí tendrán tiempo de hablar ampliamente del tema y todos quedarán en disposición de vender la idea a sus amigos.

—Entiendo su razonamiento— dijo Carola, pensando que el norteamericano era un sagaz vendedor. Posiblemente resultara difícil de entender para los ingleses.

Ella había leído sobre los métodos de venta de uno y otro país en los libros que llegaban de Londres, y le parecía que los ingleses eran un poco mas anticuados en sus métodos.

Tampoco olvidaba que las personas como sus padres habrían considerado imposible que un caballero se dedicara al comercio. Su madre le había contado que el Príncipe de Gales era el primero, en toda la historia del país, que había aceptado banqueros y financieros en el círculo de la Alta Sociedad.

—Ciertamente, será muy emocionante para ti ver Brox Hall en todo su esplendor.

Carola dijo esto con cierta tristeza, pensando que también a ella le gustaría verlo.

—Eso es precisamente lo que tú veras —dijo Peter con voz suave.

Ella lo miró asombrada.

—¿Yo? ¿Qué dices?

—Que cuando Brox Hall se abra y tenga lugar la reunión que se está preparando, tú serás la anfitriona.

Se hizo el silencio antes de que Carola dijera,

—¡No te— creo! ¿Por qué el Marqués habría de quererme a su lado?

—Eso es lo que voy a explicarte. Cuando Broxbourne fue a los Estados Unidos se dio cuenta de que las mujeres norteamericanas lo consideraban una especie de codiciado trofeo a causa de su título.

—He oído que los norteamericanos se sienten muy impresionados por los títulos de nobleza— murmuró Carola—. Por eso algunos de nuestros aristócratas se han casado ya con acaudaladas muchachas norteamericanas.

Peter asintió.

—En efecto, y Broxbourne me contó que Alton Westwood no es diferente a los demás. También él quiere un título de nobleza para su hija.

—¡Así que es casado!

—Casado, divorciado y con una hija un poco más joven que tú.

—Pero si el Marqués se casa con ella— razonó Carola—, tendrá esa inmensa fortuna sin la obligación de vender automóviles.

—¡No seas absurda!— le reprochó Peter—. Broxbourne no quiere casarse con una norteamericana. Estábamos hablando de ello el otro día, y él cree que los hombres de nuestra edad que se van a los Estados Unidos a buscar una heredera son indignos de llamarse caballeros.

Carola se quedó callada un momento y después dijo,

—¡Por supuesto, tiene razón! Es muy criticable casarse con alguien por su dinero o por su título.

—¡Exacto! Además, Broxbourne no tiene intención de casarse en muchos años. Está enamorado de Lady Langley. Vio que el nombre no significaba nada para su hermana y explicó,

–¿No has oído hablar de Lilac Langley? Está considerada como la mujer más hermosa de Inglaterra. Sus fotografías aparecen en todas las revistas y adornan prácticamente todos los escaparates.

–Sí, ahora que lo pienso, creo haber oído hablar de ella– ¿Es muy hermosa?

–¡Fascinante! Y como puedes imaginar, enamorado como está de ella, Broxbourne no tiene intención de casarse con ninguna muchacha norteamericana, atrevida y de acento nasal. Carola se echó a reír.

–¿Así es la hija de Westwood?

–No la he visto, pero Broxbourne dice que no lo atrajo ninguna de las mujeres que vio en Nueva York y no sabía cómo librarse de ellas que lo perseguían continuamente.

A Carola le pareció que el Marqués era un hombre muy vanidoso, pero no dijo nada al respecto.

–Luego conoció a Alton Westwood y descubrió que tenía la misma idea que todos los demás– añadió Peter.

–¿Qué quieres decir con eso?

–Muy sencillo: que su hija podía ser Marquesa. Naturalmente, él hubiera preferido un Duque, pero como no había ninguno a mano, decidió aceptar un Marqués.

–El Marqués debe haberse sorprendido por eso, dijo Carola mientras sonreía. Supongo que él temía que si no accedía a las pretensiones del Señor Westwood, no lo nombraría Presidente de su compañía.

—Siempre supe que eras muy lista!-exclamó Peter– Por supuesto que tienes razón. Empezó pensar que no tenía más alternativa que ceder a las descaradas insinuaciones de Westwood– o renunciar a la idea de ser Presidente de la nueva compañía.

–¿Y qué hizo al fin?

–Tuvo una inspiración repentina. Le dijo a Westwood que estaba casado.

Carola se echó a reír.

–¡Qué astuto! Pero–, ¿eso no lo arruinó todo?

–No, al parecer Westwood se lo tomó con calma y ya no hubo más presión para que Broxbourne llevase al altar a su *niñita*, como Westwood la llama.

Carola rió de nuevo.

–Supongo que lo felicitaste por ser tan listo.

–A mí también me pareció que lo era, hasta que me di cuenta de que, dadas las circunstancias, ahora está metido en un soberano lío.

Carola miró a su hermano con expresión perpleja.

–¿Qué dices? ¿Por qué? ¿Qué ha sucedido?– preguntó.

–Todavía nada, pero Alton Westwood llegará dentro de una semana y, a menos que Broxbourne sea muy listo, Westwood descubrirá que no está casado realmente.

–No se me había ocurrido– ¡Sí que tiene un problema!

–Pues a mí sí se me ocurrió una solución y ahí es donde entras tú.

Carola miró vivamente a su hermano y observó que tenía el entrecejo fruncido, como si le preocupase mucho lo que iba a decir.

Tras aclararse la voz con un carraspeo nervioso, Peter habló de nuevo,

—Sugerí a Broxbourne y él aceptó, ¡qué *tú* aparentes ser su esposa mientras Westwood está aquí!

Carola se incorporó en el sofá.

—¿Yo fingir que soy la esposa del Marqués? Pero—, ¿cómo podría–hacer eso ?

—He estado pensando en ello y es muy fácil. Broxbourne dirá que su esposa no estaba bien de salud y, por eso, en lugar de ir a Londres, permaneció en el campo. Se invitará a Brox Hall a tan pocas personas como sea posible. De hecho, sólo vendrán amigos íntimos de Broxbourne, a quienes él puede confiar el secreto.

Peter agregó recalcando las palabras,

—Tú harás el papel de Marquesa sólo durante los tres días que van a estar aquí. Es de esperar que luego Westwood regrese a los Estados Unidos.

—¿Y si no lo hace?

—No hay razón para que mencione a la esposa del Marqués de Broxbourne si va a Londres. Además, a él sólo le gusta hablar de automóviles.

—A mí todo eso me parece muy arriesgado— opuso Carola—. Sería mucho más peligroso que Westwood se enterase de que Broxbourne le mintió.

—¿No podría explicarle que lo hizo simplemente para evitar que las jóvenes norteamericanas trataran de casarse con él?

—Eso estaría muy bien si Westwood no tuviera una hija. Él era el más decidido a convertir a Broxbourne en su yerno.

—¿Tú crees, realmente, que los amigos del Marqués no le dirán la verdad cuando vuelvan a Londres?

—Como a todos se les ofrecerán acciones de la compañía, así como un buen pago por ser Miembros del Consejo, no harán nada que pueda *matar a la gallina de los huevos de oro*, puedes estar segura.

Hubo un silencio hasta que Carola preguntó,

—¿Y si… yo… hago todo… mal?

—No veo por qué habrás de hacerlo. Al fin y al cabo, tú viste cómo atendía Mamá a sus invitados en los viejos tiempos y sabes portarte como una dama. Puedo asegurarte que ningún norteamericano criticará nada que tú hagas.

—No, supongo que no, pero—, ¿y si el Marqués se enfada y cree que le he fallado?

—Como está encantado con la idea, se mostrará sumamente agradecido si lo puedes salvar de esa amenaza que podría destruir todos sus planes.

Inquieto al pensar que tal cosa pudiera suceder, Peter empezó a pasear de un lado a otro de la estancia.

—Mira, Carola— decía—, voy a ganar mucho dinero con esto y te aseguro que eso significará una gran diferencia no sólo para mí, sino también para ti.

Carola no preguntó en qué sentido.

Se limitó a mirar a su hermano, mientras éste continuaba diciendo,

—Ya sé que es algo que debía haber hecho antes, pero no tenía dinero para proporcionarte una dama de compañía que te presentara al mundo de la Alta Sociedad.

—¿Cómo podrías proporcionármela?

—Me enteré hace unos días de que hay damas de la nobleza escasas de recursos que, para ganar un poco de dinero, aceptan tomar a una *debutante* bajo su protección y encargarse de que lo pase bien en Londres durante la Temporada Social.

Eso significa, desde luego, tener que organizar un baile, que puede ser muy costoso, comprar hermosos vestidos y pagar los honorarios de la dama, que suelen ser un número de cuatro cifras. Por el momento yo no tengo dinero para costear algo así. Sin embargo, ahora estaría en posición de hacerlo.

–¡Suena maravilloso!– suspiró Carola–. Me encantaría ir a algunos de esos bailes, aunque sólo fuese para ver cómo son.

–Entonces, lo único que tienes que hacer es fingir, durante tres días y tres noches, que eres la esposa del Marqués de Broxbourne, quien, por cierto, es un hombre muy honorable. Como ya te he dicho, está enamorado de otra mujer, así que no te molestará en modo alguno.

–Por supuesto–. No estaba pensando en eso, simplemente, me preguntaba si yo puedo hacerlo.

–Entonces, ¿aceptas?

Carola se encogió expresivamente de hombros.

–¡Qué remedio! Bien sabes que quiero ayudarte y, además, será estupendo tener un poco de dinero para gastar en la casa. Iba a decirte que hay varias reparaciones precisas.

–Si esto sale bien, no sólo haremos las reparaciones que necesite la casa, sino que cambiaremos cortinas, alfombras y todo lo que tú creas conveniente.

Carola lanzó una exclamación de alegría.

–¡Es la mejor noticia que he oído nunca! Pero, Peter, si voy a fingir que soy la esposa del Marqués, tú tendrás que ayudarme.

—Todos te ayudarán, especialmente Broxbourne. Él tiene más que perder que cualquiera de nosotros.

—Supongo que querrá arreglar la casa— apuntó Carola.

—Por supuesto. Pero recuerda que ha de hacerse todo en una semana.

—¿En una semana? *¡Imposible!*

Peter movió la cabeza de un lado a otro.

—Nada es imposible si se tiene el dinero suficiente. Y como yo estaba seguro de que serías sensata y aceptarías la proposición, Broxbourne ya ha contratado una compañía que llenará la casa de sirvientes. Por mi parte, he averiguado el nombre de varios trabajadores de la localidad que limpiarán las habitaciones, pulirán las ventanas y harán las reparaciones más urgentes, para tener la casa en orden antes de que llegue la servidumbre.

—¡Me dejas sin respiración!— exclamó Carola.

—Siempre me he tenido por un buen organizador, y esto, Carola, es organización en gran escala, ¡con *premio gordo* al final!

Carola se levantó del sofá.

—Bien— dijo—, una vez decididos, debemos evitar por todos los medios el cometer errores.

—¡Eso sería desastroso! Nos encontraríamos con una montaña de cuentas que ninguno de nosotros, ni siquiera Broxbourne, podría pagar.

Carola dio unos pasos hacia la puerta.

—Supongo que, a estas alturas, Newman tendrá ya tu baño listo— dijo—. Yo iré a cambiarme de ropa— ¡Ah, Peter, siento como si estuviera en medio de un remolino y no supiera cómo salir de él!

Su hermano se acercó a ella y le rodeó los hombros con un brazo.

—¡Eres sensacional, hermanita! Te aseguro que Broxbourne y todos los demás te estaremos eternamente agradecidos.

—Ya siento como si miles de mariposas aletearan dentro de mí.

—Tranquilízate. Lo único que tienes que hacer es estar bonita y decir lo menos posible.

—Parece muy fácil, pero no olvides que necesito algunos vestidos presentables. No me he comprado nada desde que terminó el luto y la ropa de antes me queda chica y ajustada.

Peter sonrió.

—Supuse que dirías eso. Por lo tanto, he traído cien libras en efectivo para que las gastes en ropa.

—¿Cien libras?— exclamó Carola—. ¡Pero eso es demasiado!

—No olvides que eres una Marquesa y Westwood espera que lo seas con toda la pompa que una Marquesa requiere.

Carola se echó a reír.

—Por cierto— añadió Peter—, Broxbourne me dijo que traerá todas las joyas de su madre, que están guardadas ahora en la Caja de Seguridad del Banco. Necesitarás una tiara y, desde luego, collares, brazaletes y todo lo demás.

Carola no replicó.

Sabía, por lo que había leído en los *"ecos de sociedad"*, que una Dama de la Aristocracia siempre llevaba tiara para cenar, así como en todos los actos importantes. El Príncipe de Gales insistía en ello.

–Estoy viendo– dijo– que el Marqués va a ser algo así como la versión masculina de mi Hada Madrina. ¡Con un movimiento de su varita mágica, quedaré vestida para el baile de un modo deslumbrante! Pero a medianoche, como en el caso de Cenicienta, todo se desvanecerá y volveré a mis harapos.

–No debe haber medianoche por lo que a Westwood se refiere– puntualizó su hermano.

–Entonces, cruza los dedos y que haya suerte. La verdad, Peter, *sé que debo hacerlo*. ¡pero estoy aterrada!

Capítulo 2

CAROLA pasó unas horas deliciosas comprando tres bonitos vestidos de noche en el pueblo mas cercano. Había decidido usar por el día la ropa que había sido de su madre.

La moda había cambiado muy poco en los dos últimos años. Para la noche, sin embargo, los vestidos de su madre se habrían visto anticuados.

Encontró unos muy bonitos, aunque a un precio que la habría horrorizado si no hubiera sido por las cien libras que Peter le había dado.

Cuando se vio en el espejo con ellos, pensó que al menos el Marqués no se sentiría avergonzado de ella. Además, él la llevaría de Londres las joyas de los Broxbourne para que se las pusiera.

Desde su regreso una semana antes, Peter se iba de la casa por la mañana temprano y volvía a la hora de la cena.

El Marqués lo había encargado de que todo en Brox Hall estuviera listo y a tiempo para la visita.

Broxbourne se había quedado en Londres con el fin de preparar a sus amigos para la llegada del Señor Westwood y, además, para esperarlo a su llegada.

—Trata de retenerlo en Londres todo el tiempo que puedas— le pidió Peter, pero no se sentía muy optimista respecto a que el Marqués pudiese hacerlo.

Resultaba evidente que el Señor Westwood era un hombre muy decidido, de firmes convicciones, y que hacía exactamente lo que quería.

Por lo que había oído sobre él, a Peter no le sorprendía que el Marqués estuviera temeroso de encontrarse casado con su hija de la noche a la mañana.

El hermano de Carola pensaba divertido que, de todo el grupo que se iba a reunir en Brox Hall, él era quien tenía el título menos importante, aunque fuese el más antiguo, así que no habría de preocuparse respecto a las intenciones de los Westwood.

El Duque estaba casado, pero los otros dos nobles eran solteros como él y Broxbourne.

Peter no estaba seguro de quiénes eran los otros a los que invitaría el Marqués.

—Por fortuna— dijo a Carola—, no hay tanto que hacer en Brox Hall como yo temía.

—Yo estoy ansiosa de ver la casa por dentro— manifestó Carola—. ¿Es muy impresionante?

—Ciertamente, impresionará a Westwood. Considerando que la casa ha estado cerrada tanto tiempo, realmente ha recibido muy poco daño. Uno o dos techos tienen manchas de goteras, pero están en los pisos superiores, que no se utilizarán.

—Estoy deseando conocer las habitaciones principales— dijo Carola—, la biblioteca sobre todo.

—Reconozco que es imponente, pero me sorprendería mucho si Westwood se interesara por los libros.

Los días pasaron volando.

Cuando Carola bajó a desayunar, Peter anunció,

—¡Llegan mañana!

—¡Mañana!— exclamó ella—. Creí que el Marqués iba a retener más tiempo al Señor Westwood en Londres.

—Eso es lo que todos esperábamos, pero el norteamericano está decidido a celebrar las reuniones en el ambiente más agradable posible. Al parecer, no está particularmente impresionado por la casa que el Marqués tiene en la Avenida del Parque.

Carola sonrió.

—Me imagino que las casas de la Quinta Avenida son más grandes y contienen todavía más tesoros, si lo que he leído es cierto.

—¿Qué quieres decir con eso?

—Según tengo entendido, los Vanderbilt, por ejemplo, han reunido una enorme cantidad de antigüedades de toda Europa y su casa en Nueva York está ya tan repleta, que parece un *salchichón a punto de reventar.*

Peter se echó a reír.

—¡Por lo que más quieras, no vayas a decirle nada semejante a Westwood!

—No, claro que no. Todo el tiempo libre que he tenido en esta semana lo he dedicado a leer libros sobre los Estados Unidos. Esa información me facilitará las conversaciones con el Señor Westwood y su hija.

—Ten cuidado con lo que dices.

—Lo tendré. Claro que, si lo prefieres, puedo quedarme sentada en silencio, haciendo el papel de tonta. Pero creo que eso lo encontrarían bastante aburrido.

—¡Estás intentando alarmarme, Carola!— reprochó Peter a su hermana.

–Por el contrario. Trato de mostrarme tan valerosa como es posible. Porque, la verdad sea dicha, me aterroriza la idea de hacer algo mal.

Para evitarlo, creo que deberíamos irnos a Brox Hall esta tarde. A estas alturas yo ya conozco hasta el último rincón de la casa, en cambio, para ti todo será nuevo. Sería un error que alguien te oyera preguntando dónde está la biblioteca o si el Gran Salón se encuentra arriba o abajo. .

–Tienes razón, es una buena idea. Tú puedes mostrarme toda la casa, que tanto deseo conocer, y mañana los dos esperaremos al pie de la escalinata principal la llegada de los invitados.

–Van a venir en tren, así que tal vez sea mejor que yo los espere en la estación. El Marqués ha hecho gestiones para que el tren se detenga allí cuando a él le convenga.

–¡Dios mío, cuanto lujo! No se me ocurrió que fuesen a venir en tren.

–El Marqués pretende hacerle ver a Westwood que su país no es el único que tiene un buen servicio de ferrocarril. Me dice en su última carta que estaba tratando de que el vagón privado que poseía su padre fuera enganchado al tren de Su Majestad.

–¡Un vagón privado!– exclamó Carola–. Pero, seguramente, el Señor Westwood tiene uno en los Estados Unidos.

–No cabe duda. Como es dueño por lo menos de una línea de ferrocarril, imagino que puede disponer de un tren entero si así lo desea.

Cada comentario de su hermano hacía pensar a Carola que el papel que debía desempeñar era sumamente difícil.

A la hora del almuerzo, Peter llegó con un carruaje, en el que la llevaría a Brox Hall, y también un carreta para el equipaje.

Un cochero y un lacayo que ella no conocía se encargaban del segundo vehículo.

Cuando se alejaron de la Casa Greton, Carola preguntó a su hermano,

—¿Todos los sirvientes son forasteros?

—Todos, excepto los viejos cuidadores, por supuesto. Pero les he dado orden de que no abandonen sus habitaciones y lo dejen todo en manos de la servidumbre contratada.

—Entonces, ¿crees que ninguno de los sirvientes podrá reconocerme porque me haya visto en el pueblo!

—¡Ninguno!— dijo Peter con firmeza—. Cuando hace dos días llegaron de Londres, yo les dije que la Marquesa estaba de visita en casa de un matrimonio amigo y no volvería hasta hoy para aguardar el regreso de su esposo.

Carola se estremeció.

No sabía por qué, pero oír hablar del Marqués, como "su esposo" le daba cierto temor.

Peter siempre se refería a él llamándolo Broxbourne o el Marqués.

Hasta el día anterior, Carola no había caído en la cuenta de que no conocía siquiera su nombre de pila.

—Supongo que debía saberlo, siendo vecinos como somos— dijo a su hermano—, pero no recuerdo haberlo oído nunca.

—Se llama Alexander— contestó Peter—, y a mí me parece un nombre muy apropiado.

—¿Por qué?— preguntó Carola.

—Porque Alexander ha sido siempre nombre de Reyes y Generales. Y, aunque a su modo, eso es el Marqués.

—¿Quieres decir que es muy autoritario?

—¡Exactamente!— sonrió Peter—. Pero no tienes por qué tenerle miedo. Recuerda que eres tú quien va a hacerle un favor a él.

—No vayas tan aprisa y mantén los dedos cruzados. Puedo cometer algún error grave y entonces, si todo se viene abajo, él me culpará de lo sucedido.

—¡Por lo que mas quieras, hermanita, encomiéndate a toda la corte celestial y pide a la diosa Fortuna que se ponga de nuestra parte!

Carola hubiera querido coger a Peter de la mano. En aquel momento le pareció un niño con miedo de que alguien le quitara sus juguetes.

Sin embargo, como él iba conduciendo el carruaje, se limitó a poner una mano en su rodilla y decirle,

—Sólo estoy bromeando, Peter. Me siento segura de que con tu organización y mi habilidad para fingir, el Marqués obtendrá la Presidencia del Consejo de Administración y la elevada remuneración que eso representa.

—¡Es lo que todos esperamos!— suspiró Peter.

Mientras recorrían el largo sendero de entrada a Brox Hall, Carola empezó a sentirse emocionada por la perspectiva de ver al fin el interior de la casa.

Vagamente, recordaba que sus padres habían ido allí antes que muriera el viejo Marqués.

Ella era demasiado pequeña para acompañarlos y aunque había estado con frecuencia en el parque, dando de comer a los patos del lago y cabalgando a través de toda la finca, jamás había estado dentro de la casa.

Al verla ahora observó que tenía mucho mejor aspecto que antes de la llegada de su hermano.

Se habían retirado las maderas que cubrían las ventanas y los pulidos cristales de las ventanas brillaban como diamantes bajo la luz del sol.

Se dio cuenta, mientras se acercaban, de que había varios hombres trabajando en los jardines, y tanto los prados como los setos de tejo habían sido cuidadosamente recortados. Peter detuvo el carruaje frente a la escalinata principal. En aquel momento aparecieron en la puerta dos lacayos con la librea del Marqués y extendieron una alfombra roja sobre los peldaños.

Un mayordomo de aire imponente y blanco cabello los recibió a la entrada.

—Buenas tardes, Stevens— lo saludó Peter y volviéndose hacia Carola, añadió—, Te presento a Stevens, que ha estado cuidando la casa. El ha sido una tremenda ayuda para tenerlo todo listo a la llegada de Su Señoría.

Carola tendió la mano al mayordomo.

—Sir Peter me ha hablado de su excelente labor— dijo—. Lo único que lamento es no haber estado aquí para ayudar.

—Espero que la Señora Marquesa lo encuentre todo a su satisfacción— contestó Stevens.

Carola sonrió.

—Estoy segura de que así será.

–El té está servido en el salón, Señora– añadió Stevens.

–¡Oh, gracias! No sabe cuánto me apetece una taza de té, después del largo viaje.

Peter le había advertido por el camino que debía fingir que llegaba de muy lejos.

–Y no olvides– añadió –que estuviste enferma y ahora has dado a tu doncella personal, que tanto hizo por ti, unas vacaciones bien merecidas. Por eso ha tenido que venir de Londres, con los demás sirvientes, una doncella para atenderte eventualmente.

–Me sentiré muy importante con alguien para atenderme a mí sola– sonrió Carola.

Su madre siempre había tenido doncella personal, ella, en cambio, se cuidaba sola desde que tuvo edad suficiente para prescindir de la niñera.

Y en la actualidad, como el dinero no sobraba, había aprendido a arreglárselas sólo con los Newman y ella misma hacía muchas tareas domésticas.

«Estos días van a ser unas verdaderas vacaciones para mí», pensó, «por lo menos los trabajos caseros».

Sin embargo, tendría que estar muy en guardia, pues resultaría desastroso que los sirvientes descubriesen que no era la gran dama que aparentaba ser.

Al entrar en el salón comprobó que era tal como ella esperaba.

Sobre una mesa, cerca de la chimenea, había una gran bandeja de plata y sobre ella una tetera, con una mecha encendida debajo para mantenerla caliente, jarritos de leche y crema y un azucarero.

En otra bandeja había bizcochos calientes, emparedados de pepino, pastelillos, galletas de chocolate, que Carola recordaba haber comido de niña, y una tarta de frutas adornada con almendras.

Cuando se quedaron solos, y mientras le servía el té a Peter, Carola dijo,

—Si todas las comidas que vamos a tomar este fin de semana son así, pesaremos diez kilos más el próximo lunes.

—Pues yo pienso disfrutar de cada bocado— dijo Peter, tomando un bizcocho caliente—. He estado trabajando como un esclavo toda la semana. No recuerdo haber tenido tanto que hacer nunca desde que salí del colegio.

Carola miró a su alrededor.

—Esta habitación se ve preciosa— dijo—. Y veo que no olvidaste las flores.

—Por supuesto que las recordé, y también mandé poner velas nuevas en las lámparas.

Carola levantó la mirada hacia ellas y pensó que eran impresionantes.

Deseosa de verlo todo, se levantó del sofá y se dedicó a examinar las porcelanas que había en las vitrinas.

Peter acabó de tomar el té y le dijo,

—Ven conmigo. Te mostraré el resto de las habitaciones y, si te portas bien, la biblioteca.

Carola se echó a reír.

—¡No seas malo! Bien sabes que deseo ver la biblioteca más que cualquier otra cosa.

—Si hay en ella muchos libros que quieras leer, estoy seguro de que, cuando esto termine, el Marqués aceptará prestártelos.

—¿Tú crees realmente que lo haría?— preguntó Carola con ansiedad.

—No debes preguntárselo tan pronto como llegue, pero creo que él lo consideraría un justo pago, si logras que esta reunión sea un éxito.

—¡Vaya! Me doy cuenta de que me pones la biblioteca como cebo. Pero no olvides, Peter, que si yo me siento demasiado cohibida para pedir al Marqués sus libros en préstamo, tendrás que hacerlo por mí.

—Está bien— aceptó Peter—, pero ven ya o estaremos todavía recorriendo la casa a medianoche.

Había, ciertamente, mucho que ver.

Ya empezaba a ponerse el sol cuando entraron en la Galería de Pinturas.

Ésta era muy grande y estaba llena de cuadros fascinantes.

—No tenía idea de que el Marqués tuviera una colección tan maravillosa— exclamó Carola.

—Sí, son cuadros muy valiosos— reconoció Peter—. Sin embargo, dado que son bienes vinculados a la herencia, el Marqués no puede vender ninguno de ellos.

Carola se volvió hacia su hermano.

—Había olvidado que las grandes casas pertenecen al título y no al poseedor de éste— dijo —. Por supuesto, eso significa que el Marqués tendrá que casarse y tener un hijo.

—Sí, pero es algo que no le apetece hacer por el momento. Sólo tiene veintinueve años y no hay razón para que no espere otros diez antes de casarse.

Continuaron su recorrido por la casa, y era ya casi hora de cambiarse para la cena cuando llegaron a la parte reservada a los niños.

Carola pensó que era muy triste que aquellas habitaciones estuvieran vacías.

Se hallaban distribuidas de forma muy similar a las habitaciones infantiles de su propia casa, sólo que eran más grandes. Le gustaron especialmente un caballito de balancín y un fuerte.

También Peter se mostró interesado por la colección de soldaditos de plomo que parecía incluir todos los Regimientos del Ejército Británico.

Había un gran oso de peluche sentado en un sillón, y otros muchos juguetes similares a aquellos con los que Carola y su hermano habían jugado cuando niños.

Ella, contemplando una muñeca, dijo,

—Estaba pensando. Si se supone que el Marqués está casado, ¿qué pensará el Señor Westwood de que no tenga hijos?

—No había pensado en ello— contestó Peter—. Supongo que debemos atribuirlo a que su esposa no andaba muy bien de salud.

—¡Por supuesto, siempre es a la mujer a quien se le echa la culpa!— protestó Carola—. Bueno, debo recordar aparecer pálida y, desde luego, irme a la cama temprano.

—Creo que ésa sería buena idea en cualquier caso— aprobó Peter—. Westwood consideraría descortés hablar de negocios en tu presencia.

—Está bien. Sólo espero que haya algunos libros interesantes arriba.

Cuando subió al dormitorio para cambiarse antes de la cena, Carola vio que se trataba de una habitación muy hermosa, con una gran cama de cuatro postes tallados y dorados. En el dosel había una preciosa talla de cupidos con guirnaldas de flores.

–¡Qué romántico!– exclamó Carola.

–Tiene que serlo– dijo Peter–. Éste es el dormitorio de la Marquesa y tiene una puerta de comunicación con el del Marqués.

–Entonces– ¿estaré cerca de él?

–¡Claro! Se supone que estás casada con el, ¿no?, así que ten cuidado con lo que dices delante de tu Doncella– Por cierto, no te he explicado que el único sirviente que sabe la verdad es el ayuda de Cámara del Marqués. Lo acompañó a los Estados Unidos y sabe por qué tuvo que decir que era un hombre casado, así que está en el secreto.

A Carola esto le pareció un poco inquietante, mas no dijo nada.

Peter abrió la puerta de comunicación y dijo,

–Ven a ver el Dormitorio Principal. Creo que es el más espléndido que he visto en mi vida. ¡Ya quisiera yo tener uno así!

Al ver el dormitorio del Marqués, Carola comprendió a su hermano, cualquier hombre que durmiese allí debía de sentirse un Rey.

La cama era de madera de roble tallada, con cortinajes de terciopelo escarlata y el escudo de los Broxbourne labrado en la cabecera.

Las paredes estaban recubiertas con paneles también de roble y la magnífica chimenea era de mármol importado de Italia. El mobiliario pertenecía a la misma época en que se construyó.

Carola expresó en voz alta sus ideas,

–No me sorprende que el Marqués se sienta *"Monarca de todo lo que ve"*. Lo raro es que haya tardado tanto tiempo en venir a ver su Reino.

–No se lo digas a él– le advirtió Peter–. Es muy suspicaz al respecto. Le duele mucho no haber podido venir antes.

Carola pensó que si el Marqués no hubiera derrochado en diversiones y en sus caballos de carreras, sin duda alguna habría podido abrir antes la casa.

No dijo nada al respecto, para no molestar a Peter, y volvió al otro dormitorio.

–¿Crees que podré cerrar la puerta con llave por las noches?– preguntó a su hermano que la había seguido.

–¡No, claro que no!– contestó él–. Los sirvientes lo considerarían muy extraño. Recuerda, nadie debe sospechar que no eres quien se supone que eres.

Se quedó pensativo un momento y añadió después,

–Otra cosa que olvidé mencionarte es que Westwood trae a su propio sirviente.

–Creí que los hombres norteamericanos eran tan suficientes, que no necesitaban ayuda de cámara– dijo Carola con cierta ironía.

–Ese hombre no es exactamente un ayuda de cámara, según creo, sino más bien un secretario. El Marqués dice que no le sorprendería que fuera un espía.

–¿Un espía?– se alarmó Carola.

–Bueno, ya sabes cómo son los sirvientes confidenciales. Seguramente ese individuo mantiene los ojos bien abiertos, para evitar que su amo sea engañado por supuestos amigos.

–Sé con exactitud lo que quieres decir. Sin embargo, me asusta saber que hay alguien observándome y, por supuesto, vigilando cuanto tú y tus amigos hagan.

Peter no contestó porque en aquel momento se abrió la puerta del dormitorio de Carola y entró una doncella. Demasiado tarde, los dos hermanos comprendieron que si como se suponía Carola era la Marquesa, no debía estar con un hombre en su dormitorio.

Peter se hizo cargo en el acto de la situación y dijo a la doncella,

—Usted debe de ser Jones, la doncella que atenderá a la Señora Marquesa, ¿no es así?

La doncella le hizo una reverencia.

—Así es, Señor.

—Estaba mostrando ala Señora Marquesa las mejoras que se hicieron en el dormitorio del Señor Marqués mientras ella estaba ausente— Bien, ahora hay que vestirse para cenar. Estoy seguro de que usted la atenderá perfectamente.

—Lo haré lo mejor que pueda, Señor.

Peter se dirigió a la puerta.

—Nos veremos abajo— dijo a Carola.

—Trataré de no llegar tarde— contestó ella—. Y gracias, muchas gracias por cuidar de mí.

Cuando Peter hubo cerrado la puerta, Carola dijo a la doncella,

—Veo que ya ha deshecho mi equipaje— Ahora me gustaría, si es posible, descansar un poco antes de la cena.

—Como la Señora prefiera— dijo la doncella y procedió a apartar la colcha de satén y encaje que cubría la cama.

–Supongo le habrán dicho– continuó Carola– que por desgracia estuve enferma algún tiempo. Mi doncella se portó tan maravillosamente conmigo mientras yo no podía hacer nada por mí misma, que ahora le he concedido unas vacaciones.

–¡Qué consideración por parte de la Señora Marquesa!– alabó Jones.

–Ya me siento mucho mejor– manifestó Carola –y estoy segura de que no será excesivamente pesado para usted cuidar de mí.

–Claro que no, Señora.

Jones era una mujer de unos cuarenta años y rostro agradable, que, seguramente conocía muy bien sus obligaciones. Mientras desabotonaba el vestido que Carola tenía puesto, dijo,

–La Señora Marquesa debe de ser muy feliz viviendo en una casa como ésta.

–Sí, y además me encanta el campo– contestó Carola–, aunque puede hacer mucho frío aquí en invierno.

–Supongo que por eso enfermó la Señora.

–Ya le dije que me siento mucho mejor ahora y quisiera olvidarme de lo sucedido. Sólo espero no volver a sentirme nunca tan mal.

–Tendrá que cuidarse, Señora, y no esforzarse demasiado– le advirtió Jones.

Hablaba de forma tan parecida a como lo hacía su vieja niñera, que Carola casi se echó a reír.

Después, al meterse en la cama, pidió,

–Despiérteme a tiempo para vestirme, Jones. No quiero hacer esperar a Sir Peter ni al chef con mi tardanza.

—Le traeré el baño a las siete y media, Señora.

Jones salió de la habitación y Carola rió para sí.

Era muy divertido tener una doncella que cuidara de prepararla el baño, con el agua que subirían lacayos jóvenes y fuertes, pues en su casa tenían que conformarse con la única ayuda de los Newman.

Había sido idea de Peter instalar un cuarto de baño en la planta baja de la Casa Greton, aprovechando un espacioso guardarropas. Dado que estaba cerca de la cocina, el agua podía ser transportada con facilidad.

En Brox Hall, en cambio, tendría que ser subida por la escalera y llevada a lo largo del corredor hasta el dormitorio. Seguro que habría dos doncellas para llenar la bañera y Jones supervisaría la operación.

«Durante tres días viviré en medio del lujo», se dijo Carola, «¡y estoy decidida a disfrutar de cada minuto!»

*

La Cena fue ciertamente deliciosa.

Carola y Peter hablaron con muy discretamente mientras los sirvientes, el mayordomo y los lacayos permanecían en el comedor.

Había otros dos lacayos en el vestíbulo y dos más dispuestos a entrar en servicio si se les necesitaba.

Cuando se quedaron solos, Carola dijo,

—¡Qué comida tan rica! Espero que llegues a ganar mucho dinero, porque en el poco tiempo que estemos aquí voy a adquirir gustos muy caros.

—¡Yo estaba pensando lo mismo! Supongo que te das cuenta de que hemos ya cometido un grave error por el que yo, al menos, debería recibir una severa reprimenda.

—¿Un error?– exclamó alarmada Carola.

—La Marquesa de Broxbourne está sola en casa, con un apuesto joven llamado Sir Peter Greton.

Carola miró a su hermano con los ojos muy abiertos.

—¡No había pensado en ello! ¡Por supuesto que es un grave error!

—Por fortuna he logrado disimularlo.

—¿Cómo–?

—Le he comentado al Mayordomo que somos primos hermanos y que crecimos juntos, casi como hermanos.

—¡Ah, Peter, qué listo eres! A mí, ni se me había pasado por la cabeza que los sirvientes se extrañarían de que estuviéramos aquí juntos y solos.

—No te lo reproches. Soy yo el único culpable de lo sucedido.

—Bien, pero ahora has arreglado las cosas de modo que no se perjudique el honor de los Greton ni el del Marqués.

—Espero que así sea, pero Stevens tenía en los ojos una expresión maliciosa que no me gustó.

—¿Quieres decir– que él pensó–?

—¡Por supuesto! Y yo soy un tonto por no habérseme ocurrido.

Peter adoptó un tono grave al añadir,

—Escúchame bien, Carola, debes tener mucho cuidado de, en fin, de no comprometerte con ningún miembro del grupo en este fin de semana.

—¿Qué quieres decir con eso?– preguntó Carola, un poco nerviosa.

Le pareció que su hermano escogía las palabras que iba a decir antes de contestar,

—Habrás oído contar que el Príncipe de Gales ha estado enamorado de varias mujeres en los últimos años, a pesar de que está casado con la Princesa Alejandra.

—Sí—, recuerdo que una vez mamá estaba muy escandalizada porque alguien le contó que tenía "*un amorío*" con la Señora Lily Langtry. Mamá dijo que seguramente no era cierto.

Al ver que Peter tenía fruncido el entrecejo, Carola preguntó,

—¿Es que sí lo era?

—No tengo idea— contestó rápidamente Peter—. Pero el hecho es que se habló mucho de ellos. Y Lily Langtry, que luego se convirtió en actriz, no fue la única.

—Papá dijo algo de que el Príncipe de Gales estaba enamorado de Lady Warwick. He visto fotografías de esa dama en las revistas y me pareció bellísima.

—No es el Príncipe de Gales quien me preocupa. Cuando una mujer es casada, está más o menos aceptando que los hombres le hagan cumplidos y flirteen con ella.

—¿Quieres decir que lo intentarán también conmigo?— preguntó Carola.

Peter pensó que como su hermana era tan bonita, le sorprendería mucho que no fuera así.

Sin embargo, para no asustarla, repuso,

—Por supuesto, los hombres que van a venir aquí saben que no estás casada realmente con el Marqués, así que es posible que te traten como si fueras una joven inocente, cosa que si fueras casada, considerarías poco menos que una ofensa.

Carola alzó las manos en expresivo ademán.

–¡Esto se vuelve cada vez más complicado!

–Lo que tienes que hacer– le aconsejó– es tomar con calma todos los cumplidos que recibas y darte cuenta de que forman parte del juego social, que no significan nada en realidad.

–Sí, creo que empiezo a comprender. Como mujer casada, si nadie me dijera nada halagador, sería considerarme fea y aburrida.

–Estoy seguro de que nadie pensará tal cosa de ti. En cualquier caso, si la situación se hace incómoda para ti, siempre te puedes ir a la cama.

Carola se echó a reír.

–No creo que pueda irme a la cama si recibo los cumplidos a la hora del almuerzo.

Peter guardó silencio.

Era imposible explicar a su hermana lo que temía. El Marqués y sus amigos eran sin duda unos caballeros. Sin embargo, debido a que Carola era tan hermosa e iba a desempeñar una farsa de la cual estaban todos enterados, sentía miedo.

Y no de ellos, sino de que Carola, por nerviosismo, echara a perder todo el plan.

Era posible que estuviera *haciendo una montaña de un grano de arena*, pero el peligro estaba allí, latente. Estaba seguro de que, antes de que terminara el fin de semana, habrían surgido muchas dificultades y problemas con los que no habían contado.

Notó que Carola lo miraba con una expresión preocupada en sus grandes ojos verdes y le dijo para tranquilizarla,

–Todo saldrá bien, ya lo verás. En el teatro todos están convencidos de que, a pesar de todos los inconvenientes, la función sale bien la noche de estreno. ¡Así debemos pensar nosotros! Si algo te inquieta o te asusta, sólo tienes que decírmelo.

–Por supuesto que lo haré– le prometió Carola–. Además, ahora que estoy aquí, en esta casa que tantos deseos tenía de conocer, todo me parece emocionante. ¡Al fin y al cabo, es una experiencia que no se repetirá nunca!

Aquello, pensó Peter, era precisamente lo que a él le preocupaba.

Capítulo 3

CUANDO despertó a la mañana siguiente, Carola se sintió agitada.

Aquél era el día. Aquél era el aterrador momento en que iba a conocer al Marqués.

También la ponía nerviosa la idea de conocer a sus amigos, aunque Peter asegurase que no dirían nada.

No podía imaginar nada más humillante que el que se descubriera que estaba fingiendo ser la esposa del Marqués, sin serlo.

En ese caso, se perdería para siempre el negocio con Westwood.

El norteamericano no sólo se resentiría porque le hubieran mentido, sino que, además, creería que aquellos aristócratas pretendían burlarse de él.

«¡Por favor, Dios mío», rezó, «no dejes que cometa un error, te lo suplico!»

Peter estaba muy ocupado dando los toques finales a todo lo que había organizado.

Carola desayunó en el dormitorio porque le pareció lo más práctico.

Luego, al bajar, quedó impresionada. Había flores por todas partes y esto hacía que la casa se viera muy hermosa. Todo lo estropeado, como alfombras deshilachadas y cortinas descoloridas, fueron retiradas.

Carola se había puesto uno de los vestidos más bonitos de su madre, pensando que esto le daría confianza en sí misma. Mientras se vestía recordó que debía llevar alianza matrimonial.

Por fortuna, la de su Madre estaba en el joyero.

Al ponérsela en el dedo anular de la mano izquierda sentíase convencida de que su madre la estaba ayudando y evitaría que cometiese errores.

Aunque Alton Westwood no le prestara atención, seguro que el Marqués y sus otros invitados lo harían.

Si no quedaban bien impresionados por ella, esto quizá perjudicase a Peter en algún sentido.

A Carola le alegraba que su hermano tuviese amigos tan importantes.

Su madre se había preocupado mucho cuando Peter decidió irse a Londres.

Temía que se dejara arrastrar por los jóvenes libertinos que frecuentaban locales como el *Teatro Gaiety*.

Carola suponía que no eran aceptados por las anfitrionas más exigentes.

Sin embargo, a juzgar por lo que Peter le había contado, su hermano era invitado a las mejores casas.

«Es estupendo para él», se decía Carola. «Si yo tengo que sacrificarme y hacer economías en casa, tengo la satisfacción de que eso es lo que Mamá desearía que hiciese».

Ya abajo, fue recorriendo todas las estancias y, de manera casi inevitable, terminó en la biblioteca.

El simple hecho de contemplar los libros era una alegría difícil de describir.

Si podía leer aunque fuera uno sólo de ellos, sería una aventura hacia lo desconocido.

Su Padre siempre había dicho que Carola era muy inteligente, y la joven sabía que estaba orgulloso de poder tratar con ella los más diversos temas.

En una ocasión, su padre le dijo a Carola,

«Deberías haber sido hombre, hija mía».

Y ella comprendió que era la mayor alabanza que podía dedicarle.

«Lo que tengo que hacer» decidió, «es utilizar el cerebro y aparentar con mi conversación que soy mucho mayor de la edad que tengo».

Se había arreglado el cabello con gran cuidado, en una copia exacta del peinado de su madre.

Su elegante vestido, con alto cuello de ballenas, era diferente del que habría usado como jovencita.

Se miró complacida en uno de los espejos de marco dorado. Esperaba que el Marqués pensara que se la veía como una mujer con la que él hubiera podido casarse.

Era una pena tener el cabello tan rojo y los ojos verdes, se dijo Carola.

La anterior Marquesa de Broxbourne debía de haber sido una mujer mas corriente, no tan espectacular.

De pronto se apartó del espejo en actitud defensiva.

—Lo haré lo mejor que pueda— dijo en voz alta—. ¡Si preferían alguien diferente, que no me hubieran pedido a mí que hiciera el papel!

Junto con su hermano, disfrutó de un excelente almuerzo en el comedor.

Éste era lo bastante grande como para acoger cuarenta invitados sin la menor incomodidad.

Peter había decidido que, como se suponía que eran primos hermanos y habían crecido juntos, podrían llamarse por el nombre de pila.

—Tu sabes, desde luego— dijo él —que en la Alta Sociedad Inglesa es correcto nombrar a todos por su título completo. De hecho, si no tuvieras que nombrar al Marqués "Alexander", por ser tu supuesto esposo, tendrías que llamarlo "Señor Marqués", como tendrás que llamar al Duque "Señor Duque" y a los otros nobles por sus correspondiente títulos.

—¿Y quiénes son, por cierto?— preguntó Carola—. Debía habértelo preguntado antes porque, indudablemente, se supone que mi "esposo" me avisó quiénes serían los huéspedes.

—¡Oh, Dios mío, otro error, no!— gimió Peter, exasperado, y dio a Carola los nombres del Duque de Cumbria, Lord Durrel y el Conde de Heverham.

Carola esperaba poder recordarlos.

A las tres en punto, hora en que estos eran esperados, Peter estaba más nervioso que su hermana.

—¡Sólo espero haber pensado en todo!— repetía.

—Por supuesto que sí— procuraba tranquilizarlo Carola—. ¡Nadie hubiera podido tener lista la casa con tanta rapidez como tú!

—¡Lograrlo ha costado una fortuna!— suspiró Peter—. Si algo sale mal, Broxbourne quedará horrorizado por el monto de las cuentas.

—Nada saldrá mal— aseguró Carola— , aunque ella no estaba tampoco muy segura.

Cuando pasaron al salón, ella se sentó en actitud elegante sobre uno de los sofás.

El brocado con que estaba tapizado se veía un poco desteñido, mas era pese a todo un marco perfecto para el color de su cabello y el de sus ojos.

—Hay una cosa que debo decirte— empezó Peter, mas antes de que pudiera seguir hablando, se abrió la puerta y Stevens entró para anunciar,

—Los carruajes se acercan ya por el sendero de entrada, Sir Peter.

Sin contestarle, Peter cruzó rápidamente la estancia y salió al vestíbulo.

Carola supuso que quería recibir al Marqués en la escalinata, seguramente para asegurarle que todo estaba en orden antes de entrar en la casa.

Ella esperó, rezando una oración para que todo saliera bien.

Pronto se oyeron voces y ruido de gente en el vestíbulo. Alguien rió como si hubieran contado un buen chiste. Después, un hombre entró apresuradamente en el salón. Carola se puso de pie y al verlo supo, sin que nadie hubiera de decírselo, que era el Marqués, con quien se suponía que estaba casada.

No era en absoluto como ella esperaba.

Debido tal vez a la descripción de Peter, esperaba que pareciese mucho mayor, un hombre frío, duro y autoritario. En cambio, era joven, extraordinariamente apuesto y tenía una expresión divertida en el rostro.

Cruzó la estancia, le cogió a Carola una mano y le dijo en voz baja,

—Un millón de gracias por ayudarme. ¡Es usted maravillosa, absolutamente maravillosa!

Carola contuvo la respiración.

Tampoco era aquél el saludo que esperaba.

—Entraron varios hombres más, seguidos por Peter y el Marqués se volvió hacia ellos para decir,

—Permítanme presentarles a mi esposa, que me complace mucho poder decirlo, se siente ya lo bastante bien para hacer su papel de anfitriona.

—¡Es una excelente noticia!– dijo un hombre alto que se acercó a Carola y estrechó la mano que ella le tendía.

—Aquí tienes al Duque de Cumbria, Querida. Como bien sabes, es un viejo amigo mío.

—Sí, por supuesto– dijo Carola—. Encantada de conocerlo, Duque. Alexander me ha hablado mucho de usted.

—Y yo estaba ansioso de conocerla– repuso el hombre con galantería.

Otro invitado se le acercaba y, antes que el Marqués dijese nada, Carola adivinó que era Alton Westwood, aunque tampoco tenía el aspecto típicamente norteamericano que ella imaginaba.

Era un hombre alto y bien parecido, de mandíbula cuadrada. Seguro que era tejano, pensó la joven.

—Éste es el hombre acerca del cual te escribí– dijo el Marqués—. Alton Westwood, una de las más notables personalidades de los Estados Unidos. Todos estamos encantados ante la perspectiva de asociarnos con él.

Carola extendió la mano y Westwood se la estrechó enérgicamente.

Al mirarlo a los ojos, ella se dio cuenta de que eran muy azules.

—Permítame darle la bienvenida, a Brox Hall, Señor Westwood– dijo—. Mi esposo me ha contado lo amable que fue usted con él cuando estuvo en América.

—Y ahora él lo está siendo conmigo— repuso Alton Westwood —el traerme aquí, a esta magnífica mansión, y permitirme conocerla a usted.

Carola sonrió. Aquel norteamericano, que, por cierto, hablaba con sólo un ligero acento extranjero, poseía un encanto personal con el que ella no contaba.

—Estoy ansioso de presentarle *a mi niña*— dijo Westwood y miró a su alrededor—. Por cierto, ¿dónde está?

Otro de los invitados contestó:

—¿Necesita preguntarlo? Acariciando a los caballos y admirándolos, como hemos hecho todos los demás al venir desde la estación.

Westwood se echó a reír.

—Debía imaginar que era eso lo que iba a hacer Mary-Lee. Hay una sola cosa que apasiona a mi hija por encima de todo,

¡No los automóviles, sino los caballos!

Todos rieron al oír el comentario.

El Marqués presentó a Carola al Conde de Heverham y a Lord Durrel.

Peter había desaparecido y su hermana adivinó que había ido en busca de la Señorita Westwood.

Entró Stevens con dos lacayos, uno de los cuales llevaba una bandeja en la que había dos botellas de Champán en un cubo de oro y varias copas.

—Esto es lo que todos necesitamos después del viaje en tren— dijo el Marqués—. Y desde luego Westwood, tenemos que brindar por su primera visita a Brox Hall.

—Que espero, sinceramente, que no sea la última— declaró Alton Westwood.

Carola aceptó una copa de Champán, esperando que su mano no temblara al cogerla.

Mientras los otros invitados miraban a su alrededor admirando cuanto veían, el Duque de Cumbria se acercó a ella para decirle en voz baja, de modo que nadie más pudiera oírlo,

–¡No tenía idea de que fuera usted tan hermosa! Voy a brindar especialmente por sus ojos.

Carola esperaba no estar ruborizándose.

Trató de contestar con calma, como si fuera la clase de cumplido que recibía todos los días.

–Es usted muy amable, Duque, pero he estado más preocupada embelleciendo la casa para los invitados de mi esposo, que ocupándome de mi propia apariencia.

Sonrió como si supiera que él percibía y admiraba sus esfuerzos por mostrarse tranquila.

«Es un hombre muy amable», pensó.

Resultaba evidente que tenía bastantes mas años que el Marqués y sus otros invitados, con excepción de Westwood, debía de estar ya muy cerca de los cuarenta.

Era de suponer que el Marqués estaría muy orgulloso de haber conseguido que se interesase en patrocinar con su prestigio la Empresa de Alton Westwood.

Carola se propuso darle las gracias en cuanto tuviera la oportunidad de hacerlo.

Peter reapareció acompañado de una joven muy bonita. Sin saber bien por qué, Carola esperaba que la hija de Alton Westwood fuera una muchacha tosca y musculosa. En cambio, estaba delicadamente constituida y tenía unos ojos bellísimos.

Se la veía muy norteamericana porque, como su padre, tenía la barbilla cuadrada.

Tenía unos pies deliciosamente pequeños, lo cual según se decía, era característico de las mujeres norteamericanas. Y poseía también una sonrisa que iluminaba su rostro.

—¡Encantada de conocerla, Señora!— dijo a Carola—. Siento mucho haberme entretenido un poco, pero estaba fascinada por los caballos que nos han traído de la estación.

—Me alegra mucho que le hayan gustado— contestó Carola—. Si quiere usted cabalgar mientras estén aquí, será un honor para nosotros que monte los caballos de Brox Hall.

—¡Eso es lo que yo esperaba!— exclamó Mary-Lee, palmoteando encantada y se volvió hacia su padre—. ¿Has oído, papá? Puedo montar mientras estoy aquí. Y. ¿sabes?, estoy ansiosa de hacerlo después de tantos días encerrada en el barco sin nada interesante que hacer.

—No creo que no haya usted conocido en el barco algunos agradables jóvenes con los que bailar por las noches— dijo el Conde.

—¡Oh eso!— desdeñó Mary-Lee—. Por supuesto que bailamos, pero yo prefiero montar.

—Puedo mostrarle dónde están los mejores obstáculos para saltar— se ofreció Peter—. ¡Seguro que usted pasa sobre ellos como si tuviese alas!

Mary-Lee se echó a reír con su característica espontaneidad. Luego, cuando los hombres empezaron a embromarla por su pasión hípica, comentó,

—¡Pues sí, prefiero montar a cualquier otra cosa en el mundo!— repitió con firmeza—. ¡Y estoy dispuesta a desafiar a cualquier muchacha inglesa que me presenten!

Peter miró a Carola.

—Me temo que éste es un grupo predominantemente masculino— dijo—. Pero mi prima, la Marquesa, es una notable amazona, así que el desafío puede ser entre ustedes. Y, desde luego, nuestro anfitrión dará un premio a la triunfadora.

Por un momento, Carola pensó que su traje de montar no era lo bastante elegante para una Marquesa.

Después se dijo que disfrutaría mucho cabalgando y, además, mientras lo hiciera, no tendría que estar preocupada por si cometía un error o no.

Miró a Mary-Lee y le dijo,

—¡Vamos a demostrar a estos caballeros lo que podemos hacer! Eso al menos, hará que dejen de pensar en los negocios por algún tiempo.

Mary-Lee se echó a reír.

—Tiene mucha razón, Señora. Pero tendrá que levantarse muy temprano para evitar que Papá empiece a hablar de negocios. Como le suelo decir, alguien que prefiere los automóviles a los caballos debe estar mal de la cabeza.

Todos rieron y Alton Westwood dijo simulando amargura,

—Un viejo proverbio asegura que *"los borrachos y los niños dicen la verdad"*. Pero, ¿qué puedo hacer yo?

—La Señorita puede montar los caballos que quiera— intervino el Duque—, pero cuando lleguen aquí sus automóviles, Westwood, debe ser tan amable como para dejarse fotografiar con ellos. ¡Cualquiera que vea a su preciosa hija junto a uno de sus coches, ¡querrá comprarlo!

—¡Ésa es buena idea, Papá!– exclamó Mary-Lee–. A mí no me importa que me fotografíen junto a un coche, mientras no me obliguen a conducirlo.

Resultaba evidente que no era nada tímida y, además, se la veía muy bonita cuando hablaba y sonreía con toda espontaneidad.

Carola no pudo menos de preguntarse si el Marqués no sería un tonto al no querer casarse con ella.

Se daba cuenta de que Mary-Lee era muy joven, pero el Marqués no podía casarse con la hermosa Lilac Langley, y era una lástima que perdiera la ocasión de tener como suegro a Alton Westwood con todos sus millones.

Pero tal vez, aunque pareciera improbable, fuese el Marqués un idealista que deseaba casarse por amor.

Por lo que le había oído decir a Peter, parecía que esto sucedía muy pocas veces en el Mundo Aristocrático.

Su madre le había dicho que entre los nobles de alto rango, como entre la Realeza, los matrimonios eran concertados tan pronto como una muchacha llegaba a la edad en que podía casarse.

Entonces lo importante era conseguir el mejor partido posible, o sea, el hombre con el título más importante.

Un caballero como el Marqués tendría que casarse tarde o temprano para tener un heredero, y en tal caso sería ventajoso para él emparentar con una familia de igual categoría social que la suya.

Miró de nuevo al Marqués, que hablaba animadamente con Alton Westwood, y pensó que aunque Peter lo considerase demasiado autoritario, era también un hombre encantador.

Observó sus ojos grises y éstos le revelaron que podía ser un hombre muy decidido y, si la ocasión lo requería, fuerte e inflexible.

«Está decidido a lograr este negocio», pensó. «Si falla, ¡se pondrá furioso!»

Sintió que la recorría un estremecimiento.

Como si adivinara que su hermana estaba nerviosa, Peter se acercó a ella.

—Supongo que te gustaría mostrar a la Señorita Westwood y a su Padre la Casa, mientras la servidumbre deshace el equipaje— dijo.

—Sí, desde luego— aceptó Carola—, ¡qué buena idea!

Dejó la copa, de la que había tomado sólo un sorbo, y se acercó al Señor Westwood.

—Tal vez usted y su hija quieran ver un poco la Casa— dijo—. Vamos a tomar el té muy pronto, pero me agradaría mostrarles la Galería de Pinturas, si le interesa.

—Estoy interesado por cuanto sea reflejo de la Inglaterra verdadera— contestó Alton Westwood —y me sentiré muy honrado de que usted misma nos enseñe este magnífico edificio.

—Entonces lo haré encantada— dijo Carola.

Al salir del salón con Westwood y su hija, Carola vio con alivio que Peter los seguía.

No había querido pedirle que los acompañara delante de los demás, pero le parecía mucho mejor que Peter describiera las cosas que ella no había visto hasta el día anterior.

Fueron primero a la biblioteca.

Tal como Carola suponía, el Señor Westwood no estaba particularmente interesado por los libros.

Pasaron entonces a la Sala de Música y allí para sorpresa de Carola, Mary-Lee lanzó una exclamación de alegría al ver el gran piano de cola Steinway. Se sentó ante él y tocó algunos acordes.

—¡No me había dicho que fuera usted pianista!— comentó Peter.

—Por supuesto que sé tocar el piano— contestó Mary-Lee y, tras tocar las primeras notas de un vals de Strauss, levantó la mirada hacia Peter.

—Espero tener oportunidad de bailar esta noche. ¡Al fin y al cabo, aquí no me faltarían parejas!

Carola advirtió que aquello era algo que a Peter no se le había ocurrido y dijo con rapidez,

—Es un grave error por mi parte, Señorita Westwood, pero no había pensado en ello hasta ahora. Sin embargo, estoy segura de que puedo tocar el piano lo bastante bien para que usted baile, y eso es exactamente lo que haremos después de cenar.

Miró a Peter al decir esto y él pareció comprender. Sería un alivio, pensó Carola, poder evitar la conversación con el Señor Westwood. Peter había previsto que aquello podría plantear serias dificultades para ella como las plantearía el tener que charlar con los otros miembros del grupo.

—Mi Prima tiene razón— dijo Peter en seguida—. Podemos bailar aquí y si los demás prefieren hablar con su padre, tendremos todo el espacio para nosotros solos.

—Los demás querremos participar también— dijo el Señor Westwood—. Por mi parte, Marquesa, me encantaría bailar con usted, así que Mary-Lee tendrá que tocar también el piano para que podamos hacerlo.

—¡Por supuesto!— aceptó Mary-Lee—. ¡La Marquesa y yo seremos justas y equitativas en hacer la parte que nos corresponda!

De la Sala de Música pasaron a la Galería de Pinturas, y de nuevo le pareció a Carola que el Señor Westwood estaba un poco aburrido.

Mary-Lee, por el contrario, se mostró entusiasmada por varios cuadros, antes de preguntar si podía ver algunos de los Dormitorios Principales.

Sintiéndose un poco turbada, Carola los llevó a su dormitorio.

—Todas las Marquesas de Broxbourne han dormido aquí desde que se construyó la casa— dijo y miró a Peter en demanda de auxilio.

Entonces su hermano procedió a explicar lo importantes que habían sido los Hermanos Adam y que sus diseños para las distintas habitaciones nunca habían sido alterados.

Después, a través de la puerta de comunicación, se trasladaron al dormitorio del Marqués, donde el Señor Westwood se mostró realmente impresionado.

—¡Esto es lo que yo llamo un dormitorio digno de un Rey!— exclamó.

—¡Oh, Papá, tienes que mandarte hacer un dormitorio así!— dijo Mary-Lee.

—¿Para que todos mis amigos se burlen de mí?— opuso el Señor Westwood—. ¡No, gracias, nena! Los cortinajes pesados y las tallas de madera no son para mí.

Mary-Lee hizo un mohín.

—Pues a mí me parecen muy bonitos y quiero algo así para cuando me case.

—Tendrás que encontrar un esposo con el escudo de armas adecuado para colgarlo en la cabecera— dijo su padre.

Mary-Lee examinó el escudo de Broxbourne y dijo,

—Ya veo por dónde vas, Papá. Ciertamente es una idea.

Carola notó que los ojos de Peter brillaban alegremente y supuso un verdadero esfuerzo para ella contener la risa. Regresaron a la planta baja, donde el té esperaba por ellos en el salón. Fue un largo y típico té al estilo inglés, y fue evidente que los dos norteamericanos lo disfrutaron.

Cuando ya se había comido varios pastelillos y casi todos los emparedados, Mary-Lee se volvió hacia Carola y preguntó,

—¿Puedo ir ahora a ver los caballos?

Carola quedó un poco sorprendida.

Pensaba que los caballos, sin duda la atracción principal para Mary-Lee, podrían esperar hasta el día siguiente. Más, antes de que ella pudiera contestar, el Marqués dijo,

—Naturalmente que puede hacerlo, pero sugiero que Sir Peter la acompañe. El conoce los caballos tan bien como yo. Habrá de perdonarme, pero tengo algunas cartas urgentes que escribir antes de la cena.

—Yo quería hablar con usted unos momentos, Marqués— dijo Westwood.

—Por supuesto— contestó el Marqués—. Vamos al estudio.

Salieron juntos, y Carola pensó que sería muy cansado ir a las caballerizas.

Estaba en pie desde muy temprano y los zapatos, que habían sido de su madre, le quedaban un poco pequeños. Eran mucho más elegantes que los suyos y combinaban muy bien con el vestido. Por eso se los había puesto.

Mary-Lee, sin embargo, estaba decidida a ver los caballos y Peter, por lo tanto, fue con ella a las caballerizas.

Lord Durrel dijo que quería leer el periódico y se dirigió a la biblioteca, donde Peter había dejado la prensa del día. Carola se quedó sola con el Duque.

Estaba a punto de decir que le gustaría subir a descansar, cuando el caballero fue a sentarse junto a ella en el sofá.

—Quiero decirle que me parece usted maravillosa y que hasta ahora ha manejado la situación de forma admirable.

—¡No hable antes de tiempo!— le advirtió Carola—. Estoy temerosa de hacer algo mal.

—Creo que eso sería imposible— le aseguró el Duque.

Ella apreció el cumplido, pero la forma en que el hombre la miraba la intimidó.

—Estaba pensando— dijo— que debería subir a descansar un poco antes de la cena.

—¿Y desatender a uno de sus huéspedes?— se quejó el Duque—. Eso sería muy cruel por su parte.

Carola sonrió.

—Creo que Su Señoría es muy capaz de cuidarse solo. Me pregunto qué asunto estarán tratando el Señor

Westwood y el Marqués. ¿Qué querría decirle el Señor Westwood?

El Duque sonrió,

–De una cosa estoy seguro, no le está imponiendo a su hija.

–La Señorita Westwood es una joven muy agradable– comentó Carola.

–Y mucho más bonita de lo que yo esperaba. Pero Alexander, como supongo sabrá usted, está decidido a no casarse en varios años.

–Eso tengo entendido. Debe de ser muy difícil para un hombre, si quiere casarse por amor, no ser atrapado cuando menos lo espera.

–Es una buena forma de resumir la situación, que es en la que yo mismo me encuentro actualmente.

Carola lo miró sorprendida. No se le había ocurrido que, como viudo, debía de ser tal vulnerable como el Marqués. Ahora comprendió que, siendo un Duque, era mejor partido aún que Broxbourne.

El Duque, como si leyera sus pensamientos, dijo,

–¡Exactamente! Pero he dejado bien claro ante nuestro amigo norteamericano que todavía estoy desolado por la muerte de mi esposa y nunca pensaría en poner a otra mujer en su lugar.

–¡Dios mío!– suspiró Carola–. Ya veo que está usted teniendo las mismas dificultades que el Marqués. Debo reconocer que no esperaba tal cosa.

–La verdad es que llevo muchos años viudo, pero si por casualidad Westwood le preguntara algo al respecto, sepa que, de cara a él, he acortado el tiempo considerablemente.

—Por favor, no me diga más cosas que deba recordar, porque veo que me va a ser muy difícil no cometer un error.

—Como ya le he dicho, su actuación es perfecta– afirmó el Duque–. La verdad es que me ha cogido usted por sorpresa.

Carola lo miró con expresión interrogadora.

—No sé por qué no la había visto antes. Es usted muy hermosa, tanto que eclipsa a la mayor parte de las bellezas conocidas.

Carola se echó a reír.

—Su Señoría se burla de mí. Bien sabe que soy sólo una muchacha del campo, y lo que me ha impulsado a participar en esta farsa es el deseo de ayudar a mi hermano.

—¡Nos está ayudando a todos! Y, por mi parte, le estoy muy agradecido.

Había en su voz una sinceridad inconfundible.

Por la forma en que él la estaba mirando, Carola no pudo evitar ruborizarse.

Aquella era la clase de conversación respecto a la cual la había prevenido Peter.

—Creo– dijo –que voy a subir.

Trató de levantarse, pero el Duque extendió una mano para impedir que lo hiciera.

—Quiero hablar con usted– dijo–, y consideraré una crueldad que se vaya dejándome solo.

—¿De qué quiere usted hablar?– preguntó Carola.

—Conoce la respuesta, ¡de usted, por supuesto!

—De ahora en adelante, ése es un tema prohibido– opuso Carola con rapidez–. Sería peligroso, muy peligroso, que habláramos indiscretamente. En cualquier caso, me han dicho que si se quiere tener éxito con un disfraz, una debe convencerse de que es la persona que aparenta desde que amanece hasta la noche.

—Si pretende que piense en usted como esposa de Alexander, sepa que no haré tal cosa. Conozco a Alexander muy bien y sé dónde está puesto su interés sentimental por el momento.

El Duque sonrió al agregar,

—Por lo tanto, me consta que no invado su terreno al decirle a usted que me intriga sobremanera y quiero saber mucho más acerca de su vida.

Carola se echó a reír.

—¿Por qué se ríe?— preguntó el Duque.

—Porque ésta es exactamente la clase de conversación sobre la cual me previno mi hermano Peter. Me advirtió que todo lo que me dijeran sería pensando en mí como la mujer casada que aparento ser.

Al ver la expresión del Duque rió de nuevo.

—Suena algo complicado— dijo—, pero creo que, en efecto, sus cumplidos no están dirigidos a mí, sino a la persona que pretendo ser.

Ahora fue el Duque quien rió.

—Permítame decirle una cosa: no creo, ni por un momento, que sea usted la tranquila e inocente muchacha campesina que trata de hacerme ver. Eso es lo falso. ¡Usted se siente mucho mejor en el papel que hace ahora, como Marquesa de Broxbourne.

Carola se llevó un dedo a los labios.

—¡Tenga cuidado! Nunca se sabe si alguien está escuchando a través de la puerta. Peter dice que el ayudante del Señor Westwood, que va con él a todas partes, podría ser un espía.

De forma instintiva, el Duque miró por encima del hombro.

—¿De verdad piensa eso?

Carola asintió.

—Es un hombre que lleva muchos años como secretario del Señor Westwood. Se entiende, por lo tanto, que repita a su amo cuanto oye.

—Comprendo— dijo el Duque, pensativo—. Tiene usted razón, todos debemos estar en guardia.

Miró hacia la puerta antes de agregar,

—Pero, sólo entre usted y yo, ¿qué piensa de su *esposo*, ahora que tiene uno?

Una sonrisa maliciosa hizo aparecer sendos hoyuelos en las mejillas de Carola.

—Ahora habla usted de una forma decididamente indiscreta— dijo—, ¡y ésa es una pregunta que no pienso contestar!

Antes de que el Duque pudiera decir nada más, se puso de pie.

—Soy una esposa honesta, amorosa y fiel— dijo—. ¡Puedo asegurarle con toda sinceridad que no he mirado a otro hombre desde que me casé con él.

—¡Magnífico!— exclamó el Duque—. Pero, no obstante lo que usted pueda hacer o decir, mi joven y adorable Marquesa, ¡yo haré hasta lo imposible para que me mire a mí!

Y sin que Carola pudiera evitarlo, el Duque le cogió una mano, se la llevó a los labios— y la besó realmente. Turbada y un poco insegura de sí misma, Carola retiró la mano con viveza, y sin volver la vista atrás, salió de la estancia.

Capítulo 4

Carola pensó que la cena había sido un gran éxito. Todos parecían reír y bromear.

Estaba muy consciente de que se la veía sensacional con la tiara de diamantes que el Marqués le había enviado con su ayuda de cámara.

Llegó justo en el momento en que ella estaba dando los toques finales a su arreglo.

Junto con la tiara le envió un juego de collar y aretes de diamantes. Las joyas hacían que pareciese mayor de lo que era.

Al bajar la escalera pensaba satisfecha que representaba muy bien el papel de Marquesa, lo cual le confirmó la expresión admirativa del Duque al verla.

Carola decidió no hablar con él y dedicar su atención a Westwood. Éste se había vestido de etiqueta, pero su traje estaba cortado al estilo americano.

Mary-Lee, en cambio, estaba adorable con un vestido vaporoso, muy apropiado para una joven de su edad. Se mostró muy alegre durante la cena y sus compañeros de mesa celebraban con risas sus comentarios. Tenía las mejillas encendidas y los ojos brillantes. Ninguna muchacha inglesa de su edad hubiera estado tan segura de sí misma como ella.

Al mismo tiempo, Mary-Lee no parecía darse cuenta de su encanto personal ni demostraba ninguna preocupación por su apariencia.

Después de la cena no fueron al salón, sino a la Sala de Música.

Para sorpresa de Carola, ante el piano había sentado un hombre que tocaba piezas de moda.

Miró al Marqués con expresión interrogadora y él dijo

—Me di cuenta de que tanto tú como la Señorita Westwood tenían deseos de bailar y, como hay escasez de mujeres en el grupo, no podía sacrificar a ninguna de las dos para que actuara como pianista.

—¡Realmente, pareces tener una varita mágica!— exclamó Carola, recordando su conversación con Peter respecto al Marqués, y vio que los ojos de éste brillaban alegres por la idea de ser un mago.

—Es un papel que estoy dispuesto a hacer— dijo y agregó en voz baja—. Pero la mayor parte de las mujeres dice que soy un *príncipe azul*.

—¡Me lo imagino!— repuso Carola, también en voz baja—. Pero Brox Hall es un lugar encantado, así que debe haber en él un mago. Tal vez viva aquí el propio Merlín.

El Marqués no pudo contener una carcajada.

En aquel momento se acercó a ellos el Duque y dijo a Carola,

—Creo, Marquesa, que usted y yo debemos iniciar el baile.

Carola no pudo hacer otra cosa que aceptar.

El Marqués, como era de esperarse, invitó a bailar a Mary-Lee.

Mientras giraban alrededor de la habitación, los demás caballeros permanecían sentados, observándolos con actitud muy crítica, según le pareció a Carola.

En un rincón de la estancia se había colocado una mesa para jugar a las cartas y el Marqués, después del primer baile, sugirió a Westwood que jugaran una partida de Bridge.

—Recuerdo— añadió— que usted era muy afortunado con los naipes cuando estuve en su país.

—¡Si lo que usted quiere es la revancha, Marqués, estoy dispuesto a dársela!— contestó el norteamericano.

—Como su suerte me inquieta un poco, jugaremos con apuestas muy bajas.

Alton Westwood sonrió al oír esto.

El Conde y Lord Durrel estaban evidentemente deseosos de completar el cuarteto.

Esto dejó al Duque como pareja de baile de Carola, y a Peter como pareja de Mary-Lee.

El Duque era muy buen bailarín.

Peter y Mary-Lee empezaron a ensayar nuevos pasos, y al parecer se divertían mucho con ello.

—¿Necesita que le diga lo hermosa que se la ve esta noche con todas esas joyas?— preguntó el Duque.

—Los cumplidos me turban mucho— contestó Carola.

—¡Tonterías!— exclamó el Duque—. A todas las mujeres les gusta oír que son hermosas, ¡sobre todo a las que no lo son!

—Y, desde luego, es todavía más emocionante cuando los cumplidos son hechos por alguien tan importante como un Duque— replicó ella en tono provocativo.

—Se burla usted de mí— le reprochó él—. Pero, en realidad, mi encantadora y pequeña farsante, soy completamente sincero.

–¡Tenga cuidado! Bien sabe que aquí todos estamos en la cuerda floja.

–Yo estoy disfrutando de ello más de lo que esperaba.

–Si es usted indiscreto y lo echa todo a perder, el Marqués no se lo perdonará nunca, ¡ni yo tampoco!

El Duque enarcó las cejas.

–¿Significa tanto para usted?

–¡Lo significa todo para mi hermano!

–Entonces, si me lo pide usted con mucha amabilidad, la complaceré.

Tomaron asiento al finalizar la pieza y el caballero propuso.

–Bien, ahora hablemos de nosotros.

Carola no contestó y, después de un momento, el Duque agregó,

–Estaba pensando que me gustaría verla con la tiara de los Cumbria. Es una de las más hermosas que existen fuera del Palacio de Buckingham.

–Con toda franqueza, yo preferiría una diadema de flores. Si llevo esta tiara mucho tiempo, acabará por darme dolor de cabeza.

–Me pregunto qué flores le sentarían mejor a usted– murmuró el Duque–. Tendrían que ser únicas, ciertamente, no tan corrientes como las rosas y las orquídeas.

–Estoy segura de que tiene usted un magnífico invernadero en su jardín– dijo Carola en tono de conversación, para impedir que el Duque siguiera hablándole de forma tan personal.

Le disgustaba también que la mirase de un modo que pudiese llamar la atención de los demás.

—Pretende usted cambiar de tema– le reprochó el Duque–, pero debo advertirle, mi bella Marquesa, que soy un hombre muy persistente.

—No imagino respecto a qué puede serlo en este caso.

Al hablar miró Carola hacia otro lado y vio que Mary-Lee y Peter estaban bailando de nuevo.

—Entonces se lo diré– repuso el Duque–. Desde el momento en que la vi por vez primera, sentí deseos de besarla, y a cada momento que pasamos juntos estoy más decidido a hacerlo antes que termine mi estancia en Brox Hall.

La forma en que hablaba el Duque alarmó a Carola. Debía hacer algo para cortar la escena y, decidida, se puso de pie sin que el Duque pudiera impedírselo y cruzó la sala en dirección al piano.

—Me gusta mucho cómo toca usted– dijo al pianista–. ¿Podría interpretar algunas de mis piezas favoritas?

—Por supuesto, Señora– contestó el músico–. Dígame cuáles son.

Carola mencionó dos melodías que ella misma tocaba, ambas compuestas por Johann Strauss.

El pianista sonrió

—Permítame decirle, Señora, que son también dos de mis favoritas– y empezó a tocar un delicioso vals.

Carola vio entonces que el Duque iba hacia ella y, con la mayor naturalidad posible, bajó del estrado en que estaba el piano para acercarse a la mesa de juego.

Se situó detrás de la silla del Marqués y él levantó la mirada hacia ella.

—¿Has venido a ver si estoy perdiendo todo nuestro dinero?– preguntó.

—¡Espero que no lo hagas!– repuso Carola en el mismo tono ligero–. Recuerda que mi cumpleaños es el mes que viene.

—¿Lo ve usted, Westwood?– dijo el Marqués–. Si me sigue ganando, mi pobre mujercita se llevará una gran desilusión el día de su aniversario.

El norteamericano sonrió.

—Es una fecha que debo recordar y... se me acaba de ocurrir que el primer automóvil que produzcamos aquí podría llamarse "Carola".

—¡Qué espléndida idea!– exclamó el Marqués–. Sin duda es un buen nombre para un automóvil.

—Bien, pues ya trataremos de ello mañana– dijo Westwood–. Creo que debemos tener una junta.

—Me parece muy bien– aceptó el Marqués.

Carola se alejó de allí, aun pensando que, para evitar que el Duque siguiera flirteando con ella, debía sentarse cerca de los jugadores.

Afortunadamente, Cumbria había sido lo bastante sensato para invitar a bailar a Mary-Lee, y esto significó que Peter pudiese acercarse a su hermana.

Carola le indicó que debían bailar para que nadie oyese su conversación.

—¿Va todo bien?– preguntó Peter en voz baja mientras giraban al son de la música.

—El Duque se está portando tal como me dijiste que debía esperar que lo hiciera– contestó Carola.

—Lo imaginaba. Sin embargo, lo que importa realmente es que Westwood se esté divirtiendo.

Bailaron durante unos minutos y después Carola dijo,

—Como se supone que he estado enferma, creo que me iré a la cama. ¿Puedes ofrecer mis excusas a los demás cuando terminen de jugar?

—Por supuesto— aceptó Peter—. Has estado maravillosa esta noche. Me siento orgulloso de ti.

Carola sonrió.

—Gracias, Peter. Ahora ten cuidado y no dejes que nadie beba demasiado.

Peter asintió.

—Ya he pensado en eso. *In vino veritas, y* …lo último que alguien desea en este momento es la verdad.

Cuando terminó la música, Peter acompañó a su hermana hasta la puerta y Carola salió.

Ya en el dormitorio, la joven tocó el timbre para que acudiese Jones y la ayudase a desvestirse.

—Todos los sirvientes estaban comentando lo hermosa que está la Señora esta noche— dijo la doncella.

—Gracias— contestó Carola—. Sin embargo, ahora estoy muy cansada y los doctores me dijeron que no debo abusar de mis fuerzas demasiado pronto.

—Ése es un buen consejo, Señora— dijo la doncella.

Carola se metió en la cama y, cuando la doncella salió de la habitación, tomó el libro que tenía en la mesita. Pronto se dejó absorber por la lectura. Había leído ya dos capítulos y estaba pensando en si debía dormirse ya o seguir con el tercero, cuando oyó una suave llamada en la puerta.

Supuso que Peter había ido a decirle algo y autorizó

—¡Adelante!

Asombrada, vio que la puerta de comunicación interior se abría y aparecía el Marqués, cubierto con una bata larga. Éste le recordó a Carola la que usaba su padre, adornada con galones al estilo militar.

El asombro de la joven fue en aumento al ver que él cerraba la puerta y se acercaba a la cama.

Pensó alarmada que tal vez algo malo había pasado abajo y él iba a decírselo.

—¿Qué ha ocurrido?— preguntó—. ¿Ha pasado algo después de haber subido yo?

El Marqués se sentó en el borde del lecho sin preguntar si podía hacerlo.

Carola lo miraba con ojos preocupados.

—¿Qué sucede…, algo malo?

—No exactamente malo. Pero me ha parecido que debía advertirle que he de mostrarme muy cariñoso con usted antes que todo esto termine. Necesitaba decírselo a solas y ésta era la única oportunidad de hacerlo.

—¿Muy— cariñoso?— repitió Carola en voz baja—. ¿Por qué?

—Mientras hablaba esta noche con Westwood— explicó el Marqués—, me ha dicho algo que no había mencionado antes, su padre era un predicador.

Al ver la expresión sorprendida de Carola, el Marqués le explicó,

—En los Estados Unidos hay muchos predicadores que van de un lado a otro del país. La cuestión es que Westwood fue educado de manera muy estricta.

—¿Quiere usted decir que es muy religioso?— preguntó Carola.

—A su manera, sí, y, mucho, así que lo escandaliza cualquier clase de inmoralidad. Por lo visto, cuando viajaba hacia aquí en el barco, le hablo alguien de los amoríos ilícitos del Príncipe de Gales y le insinuó que todos los miembros de la Alta Sociedad londinense se portaban del mismo modo.

—Y eso lo escandalizó, claro— murmuró Carola.

—Dice que no puede permitir que su niña esté expuesta a la corrupción moral de las mujeres infieles a sus esposos. Tampoco puede permitir que se case con un hombre que va de una alcoba a otra, persiguiendo a mujeres adúlteras.

Carola contuvo el aliento.

Sin duda, aquello era algo que el Marqués no esperaba. Él que observaba la expresión de la muchacha, dijo,

—Veo que comprende usted la situación. Naturalmente, a mí me inquieta mucho que no me considere la persona adecuada para ser Presidente de su compañía.

—Si alguien le va con murmuraciones, ¿qué podría hacer usted al respecto?

—He tomado la precaución, por si acaso Westwood oye algo sobre mí de curarme en salud.

—¿Qué quiere decir con eso?— preguntó Carola, quien temía que le hubieran contado a Alton Westwood que el Marqués andaba en relaciones con la hermosa Lady Langley.

Los chismes eran algo que nadie podía evitar.

Por lo que Peter le había dicho, no sucedía nada en Mayfair de lo que todo el mundo, incluidos los sirvientes, no estuviera enterado.

—Lo que le he dicho— repuso el Marqués —es que no debe creer todo lo que oye. Siempre hay gente dispuesta a exagerar y hacer que las cosas parezcan peores de lo que en realidad son.

Emitió una risa seca antes de añadir,

—Eso es bastante cierto, pero me temo que Westwood es lo bastante listo para pensar que «*cuando el río suena, piedras trae...*».

Carola miraba impresionada al Marqués.

—Pero— ¡no sería capaz de cancelarlo todo cuando el proyecto va tan adelantado!

—Es muy capaz de hacerlo— contestó el Marqués—. Y usted ya sabe cómo son los moralistas, sobre todo los norteamericanos, que pueden ser tan fanáticos acerca de cualquier tema que despierte su emotividad.

—¿Y usted que le ha dicho?

—Que debido al éxito que tengo con mis caballos de carreras, hay siempre gente envidiosa que propaga mentiras sobre mí.

—¿Y él ha quedado convencido?

—Así me lo ha parecido.

Para asegurarme he comentado,

—Por ejemplo, sé que la gente habla de mí porque me ve a menudo con una mujer muy hermosa, una mujer que es, en realidad, la más hermosa de toda Inglaterra. Se llama Lilac Langley.

El Marqués miró a Carola con fijeza mientras hablaba y la joven comprendió que se estaba preguntando si ella habría oído rumores al respecto.

Trató de no ruborizarse, pero sintió que el color teñía su rostro.

A pesar de su resolución, parpadeó y desvió la mirada.

–Ya veo que los chismes parecen viajar con el viento– dijo el Marqués con ironía –y llegan hasta la tranquila campiña.

–No debe sorprenderlo– replicó Carola–. Al fin y al cabo, usted es de gran importancia social, y mi madre solía decir que las damas que trataban de casar a sus hijas con un hombre de la Alta Nobleza solían enfurecerse con él cuando sus esfuerzos fracasaban.

El Marqués sonrió.

–Tiene razón– dijo–. Eso es algo que generalmente no me preocupaba en absoluto. Sin embargo, ahora no son las casamenteras de Mayfair las que me inquietan, sino un norteamericano puritano.

–¿Y qué más le dijo usted?– preguntó Carola.

–Que sin duda oiría rumores sobre Lilac Langley y yo, pero en realidad ella es sólo una buena amiga a la que yo trato de consolar.

Carola lo miró sorprendida y él continuó diciendo,

–La razón está en que su marido, a quien ella adora, anda en relaciones con otra mujer. «Si hay algo que me altera», le he asegurado a Westwood, «¡es ver llorar a una mujer!»

–¿Y él lo ha creído?

–¡Claro que sí! Mi representación ha sido tan buena como la suya, Carola.

–Desde luego, se trata una explicación muy plausible.

–Así lo creo yo también. Pero, ¿se da cuenta de por qué debo mostrarme como un esposo amante y convencerlo de que no hay nada de cierto en los rumores que corren por ahí? Frunció el entrecejo al decir,

—¡Sólo quisiera echar mano a uno de esos chismosos que se dedican a hablar de lo que no les incumbe!

—Me temo que detener la lengua de los chismosos es tan imposible como detener el oleaje del mar— dijo Carola—. Sin embargo, me doy cuenta de que debe usted asegurarse de que el Señor Westwood le crea. Sería terrible que, después de todas las molestias que nos hemos tomado para abrir esta espléndida casa, él escogiese a otro como Presidente.

—Eso es exactamente lo que me temo— dijo el Marqués—. Tal vez encuentre usted oportunidad de decirle que soy un esposo ejemplar y que somos muy felices en nuestro matrimonio.

—Sí, por supuesto que lo haré. En realidad, creo que Alton Westwood es un hombre bastante agradable.

—Así me lo parece a mí también, pero no esperaba que sus ideas puritanas fuesen más fuertes que su vanidoso afán de tener un yerno con título nobiliario.

—A mí me parece que Mary-Lee es una muchacha muy dulce— comentó Carola—. Pero me da la impresión de que tiene algo de la obstinación y la inteligencia de su padre y no se casaría con un hombre simplemente por su título.

—¿Lo cree usted realmente?— preguntó escéptico el Marqués—. Pensaba que la ambición de toda mujer era casarse con un título.

Carola se echó a reír.

—Estoy segura de que todas las muchachas, si se les da oportunidad, prefieren casarse por amor. Personalmente, creo que los matrimonios de conveniencia son odiosos y deberían ser prohibidos legalmente.

Ahora fue el Marqués quien rió.

—¡De veras es usted una joven original! Y permítame decirle que estoy tremendamente impresionado por la forma en que interpreta un papel que resultaría difícil incluso a una actriz profesional.

—Ésa es la clase de cumplido que quiero oír— sonrió Carola—. Como se imaginará, estoy muy asustada.

—Sí, percibí el temor en sus ojos cuando llegué, y le prometo que haré cuanto esté en mi mano para evitar que usted se sienta alterada en cualquier sitio. Le estoy más agradecido de lo que puedo expresar con palabras.

—Si hago esto es por mi hermano. Fue usted muy amable al pedirle que se uniese a sus importantes amigos.

—Me doy cuenta de que usted y su hermano no están en muy buena situación económica— dijo el Marqués.

—Las cosas han sido difíciles para nosotros desde que murió Papá— reconoció Carola—, así que sería maravilloso para Peter no sólo tener un poco de dinero, sino también algo que hacer.

—Igual que yo. A todos se nos puede aplicar el famoso dicho,

«*La ociosidad es madre de todos los vicios*».

—Entonces rezaré con toda mi alma para que el Señor Westwood crea que es usted la persona adecuada para presidir su compañía y que todos sus amigos son hombres honestos y temerosos de Dios.

Hablaba la joven con tanto fervor, que el Marqués dijo conmovido,

—Estoy seguro, Carola, de que sus oraciones serán oídas. Pero aunque confiemos en la ayuda del cielo, en los próximos dos días debemos ser muy cuidadosos.

—Sí, desde luego— convino Carola—. Y trate de pensar en cosas que tengan ocupados a sus huéspedes.

El Marqués pareció desconcertado y ella le explicó,

—Si se habla mucho es fácil cometer errores. Antes de subir a acostarme le he dicho a Peter que tenga cuidado para que nadie beba demasiado.

—Muy sensato por su parte— aprobó el Marqués—. Debía habérseme ocurrido a mí.

—Piense mejor en muchas cosas que puedan hacer todos mañana. Desde luego, podemos montar, pero tal vez se le ocurra a usted algo original en lo que entretenerse o algún sitio al que se pueda ir por la tarde.

—Seguiré su consejo. Además, en algún momento tendremos la junta de negocios que todos esperamos.

—Y el domingo— empezó a decir Carola y de pronto lanzó una exclamación.

—¿Qué pasa?— preguntó el Marqués.

—Acaba de ocurrírseme que el Señor Westwood esperará que todos vayamos a la Iglesia. Era algo que yo pensaba hacer de cualquier modo, pero no me parecía probable que usted quisiera hacerlo.

El Marqués se quedó pensativo un momento y después dijo,

—Recuerdo que mi padre solía ayudar al Vicario en el servicio religioso dominical. Este domingo lo haré yo, y mis invitados se sentarán en el banco reservado a la familia Broxbourne.

Carola emitió un leve suspiro.

—Me alegra que haya comprendido usted que es eso lo que el Señor Westwood esperará.

—Es *usted* quien se ha dado cuenta de ello— puntualizó el Marqués—. Gracias de nuevo, Carola, por ayudarme tanto. Extendió la mano al decir esto y ella, tras un momento de titubeo, le dio la suya.

El Marqués, cerrando sus dedos sobre los femeninos, dijo,

—Nunca imaginé, cuando le pedí a Peter que me ayudara, que podría contar con alguien como usted.

—No tiene por qué mostrarse tan agradecido—, yo también tengo una deuda de gratitud con usted. Vivo muy sola desde que Mamá murió. Peter pasa la mayor parte del tiempo en Londres y yo no tengo nadie con quien hablar, aparte de los viejos sirvientes.

El Marqués la miró con fijeza.

—¿Quiere usted decirme que vive sola, sin una dama de compañía que la cuide?

—No hay nadie que pueda servirme como dama de compañía, a menos que la paguemos, y no tenemos dinero para ello. Aunque, la verdad, yo me siento feliz en tanto tenga un caballo que montar y un libro para leer.

—Por mi parte, lo único que puedo decir es que me parece el más lamentable desperdicio de belleza e inteligencia que he encontrado en mi vida.

Carola se echó a reír.

—Pero piense en lo útil que eso le ha resultado a usted ahora. Si hubiera estado asistiendo a los bailes de Londres, no habría podido pedirme que viniese a Brox Hall para hacerme pasar por su esposa.

—¡Por supuesto que no lo habría hecho! Comprendo su razonamiento. No obstante, creo que ésa es una cuestión que debemos considerar en el futuro.

—¡El futuro!— suspiró Carola—. Para mí, como para usted, el futuro depende por completo del Señor Westwood.

—Entonces ambos tendremos que hacer algo al respecto— dijo él Marqués con firmeza y se puso en pie, mas sin soltar la mano de Carola—. Gracias de nuevo. Es lo único que puedo decir. Mi gratitud es tan grande que no puede ser expresada con palabras.

Le oprimió cálidamente los dedos y, por un momento, Carola creyó que le iba a besar la mano.

Pero de pronto, antes de que ella pudiera comprender lo que estaba sucediendo, el Marqués se inclinó y le besó los labios. Fue un beso muy suave, sin embargo, como Carola nunca había sido besada, le produjo un fuerte impacto.

Fue también una emoción extraña y excitante.

No creía que los labios de un hombre fueran tan duros y, al mismo tiempo, tan posesivos.

Después el Marqués levantó la cabeza y soltó su mano.

—¡Buenas noches, Carola!— dijo—. Que duerma bien. Cruzó la habitación, abrió la puerta de comunicación y se fue sin volver la vista atrás.

Cuando se cerró la puerta y ella se quedó sola, Carola dejó escapar una exclamación.

Había sido besada por primera vez en su vida y por un hombre al que apenas conocía desde aquella tarde.

Era casi imposible creer que había sucedido realmente. En cuanto a sus sentimientos…

Sin querer analizarlos, apagó la luz y se acurrucó en la cama. Deseaba una aventura y eso era exactamente lo que estaba viviendo, pensó.

¿Cómo era posible que estuviera en Brox Hall, donde nunca había entrado antes?

Y no sólo estaba allí, sino fingiéndose la esposa del Marqués… ¡quien acababa de besarla!

Aun creía sentir los labios masculinos en los suyos.

El recuerdo le producía una extraña opresión en el pecho. Cerró los ojos y trató de dormir.

Fuera cual fuese el resultado de todo aquello, cuando volviera a su casa tendría mucho que recordar.

Recordaría especialmente al Marqués, cuyos labios habían besado los suyos.

Capítulo 5

CUANDO bajó a desayunar, Carola se sentía un poco tímida.

Se preguntaba cómo iba a expresar el Marqués el supuesto cariño de que había hablado.

Y se preguntó también si recordaría que la había besado. Se dijo a sí misma que el beso era sólo una expresión de gratitud por la ayuda que le había prestado.

Sin embargo, le parecía una cosa muy íntima. El sólo pensar en ella la hacía ruborizarse.

Llevaba puesto su traje de montar, lista para retar a Mary Lee tal como habían acordado.

Lo único que tenía que hacer después del desayuno era ponerse el sombrero de copa que su madre usaba cuando iba de cacería.

Su traje, aunque ya viejo, estaba muy bien cortado. Había tenido buen cuidado de anudar correctamente el corbatín almidonado, para ofrecer la mejor apariencia posible. Por mucho ejercicio que hiciese a caballo, no se le desataría. Su padre solía decir que si había algo que le disgustaba era ver que a una mujer se le desarreglara el cabello cuando montaba, así que ella siempre cuidaba mucho su peinado cuando iban a cabalgar juntos.

También ahora su cabello rojo estaba cuidadosamente prendido para que no escapara un solo rizo.

Abrió la puerta del comedor y, con alivio, vio que ni el Marqués ni el Duque estaban allí. El Conde y Lord

Durrel estaban leyendo sendos periódicos mientras desayunaban. Alton Westwood tampoco se hallaba presente. Los dos caballeros se pusieron en pie al verla y le sonrieron.

—¡Buenos días!— dijeron ambos, y el Conde añadió—. Veo que ya está lista para la competencia.

—Y un poco asustada— contestó Carola—, cuando pienso en lo mucho que la señorita Westwood habrá cabalgado en el rancho que su padre tiene en Texas. ¡Me temo que voy a ser ignominiosamente derrotada!

Los dos hombres se sentaron de nuevo.

Ella se acercó al aparador para servirse de una larga hilera de fuentes, pensando que hasta un norteamericano quedaría impresionado con la variedad de platos que se le ofrecían para el desayuno. Se sirvió huevos revueltos y se sentó a la mesa. Su madre le había explicado lo que era correcto en las grandes casas.

Aunque había muchos criados que servían las otras comidas, en el desayuno se dejaba que los huéspedes se sirvieran solos. Según su padre, lo último que alguien deseaba era ponerse a charlar a la hora de desayunar; por lo tanto, Carola no habló.

Comió los huevos y cubrió una tostada con mantequilla, procedente de una de las granjas del Marqués, y miel de la propia zona, donde muchos aldeanos tenían colmenas. Estaba terminando una segunda tostada cuando entró el Marqués acompañado por Alton Westwood.

—¡Buenos días a todos!— saludó—. Llegamos con retraso porque hemos disfrutado de una cabalgata estupenda. ¡Y aunque no lo crean, mi invitado norteamericano aprueba mis caballos!

Alton Westwood se echó a reír.

–¿Cómo podría hacer otra cosa?

El Marqués se acercó a Carola, le puso una mano en el hombro y se inclinó para besarla en la mejilla.

–Espero que hayas dormido bien, mi amor– dijo–. Traté de no hacer ruido para no despertarte al salir.

–Y lo lograste– respondió Carola con esfuerzo–. No me enteré.

Los labios masculinos le produjeron de nuevo una sensación extraña.

Era lo que había sentido en su pecho cuando él la besó en los labios.

Por lo tanto, resultaba difícil mostrarse tranquila y natural. Después de besarla, el Marqués se acercó al aparador.

–Espero que me hayan dejado algo de comer– dijo–, porque tengo un hambre canina.

–¡Igual que yo!– manifestó Westwood.

Mientras ellos hacían algunos comentarios sobre los diversos platos, Carola tuvo tiempo de recobrar la compostura, aunque se dio cuenta de que los ojos de los otros dos hombres brillaban alegremente y en los labios del Conde había una leve sonrisa maliciosa que le disgustó.

Se abrió de nuevo la puerta y apareció el Duque.

–Buenos días– dijo–. Y antes de que me reprochen nada, confieso que llego tarde porque me quedé dormido.

–Sin duda alguna, como resultado del buen vino que nos ofreció nuestro anfitrión, combinado con el Oporto y el excelente brandy– bromeó el Conde.

Carola terminó de desayunar y como no había señales de Mary-Lee, dijo al Señor Westwood, cuando éste se sentó.

—Espero que su hija no haya olvidado que tenemos una competencia esta mañana.

—Puede estar segura de que no— contestó el Señor Westwood—. Supongo que ha desayunado en su habitación.

Carola iba a decir que esperaba no estuviera muy cansada por el viaje, cuando Alton Westwood explicó,

—Mary-Lee desayuna alimentos especiales que trajo de los Estados Unidos. Supongo que le da vergüenza comerlo aquí, ya que podría considerarse un desprecio hacia la comida que usted nos ofrece, Marquesa.

—¿Come de ese modo por alguna razón especial?— preguntó Carola.

—¡Bah! Se ha puesto de moda entre mis compatriotas decir que la gente no se alimenta como debiera para mantenerse esbelta y llena de energía. La verdad, a mí me parecen tonterías, pero las mujeres norteamericanas andan locas con esa nueva tendencia.

Carola pensó que aquello era interesante y decidió hablar al respecto con Mary-Lee.

Había oído hablar de las enormes comidas que tomaba el Príncipe de Gales. También había leído en los periódicos informes acerca de lo que se servía a los huéspedes en las casas de campo más elegantes, si el almuerzo se componía de seis o siete platos, había un promedio de diez para la cena.

Al Príncipe de Gales le encantaba comer langosta a la hora del té, y cuando andaba de cacería tomaba a media mañana un «tentempié» que consistía en sopa de tortuga y paté.

«Con razón él y sus amigos están tan gordos», pensó Carola. «Si los norteamericanos comen para mantenerse delgados, es que son mas sensatos».

Por lo visto, el *Chéf* que el Marqués había hecho ir de Londres seguía la consigna clásica, «Cuanta más comida y mayor variedad, mejor».

Ahora que pensaba en ello, Carola recordó que la noche anterior habían servido siete platos para la cena, sin contar el postre. Éste había consistido en grandes melocotones de invernadero, uvas moscatel y otras frutas diversas.

Hubo también platos de porcelana de Sévres, llenos de nueces para que los caballeros las comieran al beber el Oporto. Todo ello podía estar muy bien, pensó, para quien montaba todo el día o hacía algún otro ejercicio físico muy fuerte. Mas para las personas mayores o sedentarias debía de ser muy malo.

Se levantó de la mesa y dijo al Señor Westwood,

—Iré a ver si Mary-Lee está lista.

El Marqués, que acababa de sentarse, aprobó,

—Me parece buena idea, Querida, pero recuerda que no debes hacer muchos esfuerzos todavía. Si te sientes un poco cansada, suspenderemos en el acto la competencia.

—Tendré cuidado— prometió Carola.

El Marqués le sonrió y, al ver que ella se disponía a salir, se levantó aprisa para abrirle la puerta.

—Tan pronto como estén listas— dijo—, las ayudaré a escoger los mejores caballos.

—Sí, por favor, hazlo— le pidió Carola.

Él, sonriente, le pasó un brazo por la cintura para estrecharla contra su pecho por un momento.

—Estas preciosa esta mañana— dijo, bajando la voz como si quisiera que sólo ella lo escuchara.

Sin embargo, Carola se dio cuenta de que todos los presentes podían oír lo que hablaban. Para disimular su turbación, Carola se alejó de él y salió del comedor. Mientras iba rápidamente hacia el vestíbulo, se dio cuenta de que, una vez más, se estaba ruborizando.

Encontró a Mary-Lee vistiéndose y quedó asombrada por el atavío de la joven, pues ésta se había puesto una falda-pantalón adornada con flecos a los costados y en la orilla de la falda. El mismo adorno llevaba su chaqueta. Con el conjunto, Mary-Lee llevaba una blusa blanca con estampado de hojas verdes.

Carola había visto en fotografías aquella clase de trajes, pero nunca había conocido a nadie que lo vistiese.

—¡Vaya, se ha puesto muy elegante para montar!— exclamó Mary-Lee al ver a Carola.

Ésta se echó a reír.

—¡Yo estaba pensando lo mismo de usted!

—¡Ah!, ¿esto? Es la clase de traje que uso en el rancho de Papá. Es lo más cómodo que he encontrado para montar.

—¡Me lo imagino!— dijo Carola—. ¡Pero causaría verdadera sensación si se presentara así en una cacería inglesa!

Mary-Lee rió también.

—Si volvemos aquí en invierno, lo haré, sólo para ver qué cara ponen.

Mary-Lee llevaba también un bonito sombrero de ala ancha, colocado en la parte posterior de la cabeza, de modo que casi parecía una aureola.

–Hace que me sienta recargada– se lamentó Carola–. Así que, para sentirme más a tono con usted, no me pondré sombrero.

–¡Entonces yo tampoco me lo pondré!– decidió Mary Lee–. Si a los hombres no les gusta nuestra apariencia, ¡peor para ellos!

Se quitó el sombrero y lo arrojó sobre la cama.

La doncella la ayudó a ponerse las botas de montar que eran, según notó Carola, parecidas a las suyas y muy adecuadas para lo que pensaban hacer.

Mary-Lee tomó la fusta.

–¿No quiere ponerse guantes?– preguntó Carola, que llevaba los guantes blancos y calados que toda mujer usaba para montar.

–Me gusta sentir las riendas entre mis dedos– dijo Mary-Lee.

–También me gusta a mí cuando cabalgo sola– reconoció Carola–. Sin embargo, nuestro público lo va a considerar extraño.

–¡Qué lo consideren!– replicó Mary-Lee–. Estoy segura de una cosa, todas las reglas que hay en este país en relación con los caballos, fueron inventadas por los hombres.

–Sí, eso es verdad, yo lo creo así también. Bien, si está lista ya vamos a sorprenderlos.

–¡A escandalizarlos, querrá usted decir!– rió Mary-Lee–. ¡Pero eso les vendrá muy bien!– y echó a andar por delante de Carola.

Cuando llegaron a lo alto de la escalera vieron que los hombres habían salido del comedor y esperaban en el vestíbulo. Todos vestían de forma convencional, pantalón blanco perfectamente cortado, chaqueta de paño gris y botas relucientes como espejos.

Debido a que le parecía divertida la actitud desafiante de Mary-Lee, se retrasó un poco y, por encima de la barandilla, pudo ver el creciente asombro reflejado en el rostro de sus acompañantes.

Sólo Alton Westwood pareció tomar con toda naturalidad la aparición de su hija.

Mary-Lee llegó al vestíbulo y saludó con desenvoltura,

—¡Buenos días! La Marquesa me ha advertido que todos ustedes se escandalizarían por mi vestuario, pero les aseguro que éste no afectará mi actuación.

Los caballeros rieron al oírla, y el Marqués dijo,

—Está usted muy atractiva, Señorita Westwood, seguro que mis caballos quedan también encantados al verla.

Se dirigieron todos hacía las caballerizas.

Los hombres embromaban a Mary-Lee y parecieron sorprendidos de ver cómo brillaba el rojo cabello de Carola bajo el sol. El Duque se acercó a ella.

—¿Puedo decirle lo que pienso de la forma en que va vestida?— preguntó.

—Adivino lo que va a decir— repuso Carola con frialdad—. Supongo que ya ha reparado en lo poco convencional de mi atavío, sin sombrero y sin guantes.

—Y me parece muy favorecedor. Nada puede ser más hermoso que su cabello bajo el sol —dijo en voz baja el Duque, pero Carola temió que el Señor Westwood pudiera oírlo y frunció el ceño.

—¡Me asusta usted!— protestó él—. Me siento mucho más contento cuando sonríe.

Carola comprendió que el Duque disfrutaba poniéndola nerviosa, así que se aproximó al Marqués.

—¿Has decidido, Alexander, qué caballos vamos a montar Mary-Lee y yo?— le preguntó.

—Le daré a escoger— contestó él—. Hablé con Peter, que sugiere *Red Rufus* y *Heron*.

Carola miró a su alrededor.

—¿Dónde está mi Primo, por cierto?— preguntó—. No lo he visto esta mañana.

—Está revisando los obstáculos que van a saltar— le explicó el Marqués—. Dice que algunos necesitaban reforzarse, pero no tuvo tiempo para ocuparse de ello la semana pasada.

Cuando llegaron a la caballeriza, Peter estaba allí y los caballos que iban a montar se encontraban ensillados.

—Usted debe escoger el que le guste— dijo Carola a Mary-Lee.

—¡Quiero un caballo brioso, un poco salvaje!— contestó Mary-Lee—. Si hubiera sabido que iba a suceder esto, habría traído uno o dos caballos del rancho de Papá.

—Lo haremos en otra ocasión— prometió Alton Westwood.

—Bien, Papá, selecciona tú el que consideres mejor de los dos— le pidió su hija.

—Es una elección difícil. Cómo ya he dicho a nuestro anfitrión, tiene algunos caballos realmente magníficos, que a mí mismo me gustaría poseer.

Carola pensó al oír esto que todos se hallaban en venta, si el Señor Westwood estaba dispuesto a pagar suficiente por ellos.

—Tomo eso como un cumplido— dijo el Marqués—. La verdad es que me siento muy orgulloso de los ejemplares que poseo.

Había suficientes caballos para todos en la caballeriza. Carola adivinó que el Marqués los había llevado de Londres y de Newmarket. Seguramente habría reunido allí cuantos caballos poseía.

No tardaron en partir, pues era evidente que Mary-Lee estaba ansiosa de montar, y cuando llegaron a la pista vieron que aún había hombres reforzando las vallas.

Carola supuso que Peter se había levantado muy temprano para tenerlo todo listo.

Sentíase contenta porque Mary-Lee había escogido a *Red Rufus*, dejándole a *Heron*.

Éste se mostraba impaciente, lo cual reveló a Carola que no había hecho suficiente ejercicio desde su llegada a Brox Hall. El Marqués cabalgaba en un brioso potro negro que, seguramente, no les habría permitido montar a ellas.

Los otros hombres habían escogido cada uno el caballo que más les gustaba y los animales elegidos fueron ensillados rápidamente.

La pista era grande y los obstáculos estaban colocados a buena distancia uno de otro.

Carola se preguntó si Peter los habría subido o bajado. Eran bastante altos, pero en absoluto peligrosos para un caballo bien entrenado.

–Bien, vamos a celebrar la competencia– dijo el Marqués–. Deben dar tres vueltas alrededor de la pista. El poste junto al que estoy yo ahora será tanto el punto de partida como la meta. Si están listas, contaré hasta tres y pueden lanzarse a la carrera.

Carola se colocó junto a Mary-Lee, pensando que tal vez el que ésta montase a horcajadas le diera cierta ventaja sobre ella, que iba sentada de lado.

Pero, en realidad, la carrera sería para decidir cuál era el mejor caballo, se dijo.

–¡Uno–, dos–, tres!– contó el Marqués, levantando en alto un pañuelo blanco. En cuanto lo bajó, las dos se lanzaron al galope.

Carola no se apresuró demasiado, pues su padre le había enseñado a tomar las cosas con calma al principio.

–Frena un poco tu caballo– le aconsejaba–, por mucho que desees competir con su rival.

Mary-Lee, por lo tanto, saltó el primer obstáculo antes que ella.

Tenía una habilidad que Carola reconoció como excepcional. No había la menor duda de que era una notabilísima amazona. Ella tendría que montar muy bien para ganarla.

En la primera vuelta, Mary-Lee se mantuvo durante todo el tiempo un obstáculo por delante.

En la segunda, Carola le dio alcance y empezaron a saltar casi a la par.

En un momento dado, Carola vio que Mary-Lee estaba utilizando la fusta.

Debido a que a su padre le disgustaba que se usara la fusta o las espuelas en los caballos, ella había aprendido a montar sin nada de esto.

Ahora decidió cabalgar de una forma que, estaba segura, causaría admiración entre los caballeros que las estaban viendo. El caballo que montaba comprendió y, en el octavo obstáculo, iba un poco por delante de Mary-Lee.

Mas cuando aparecieron los dos últimos obstáculos frente a ellas, a Carola se le ocurrió que complacería mucho a Alton Westwood que su hija ganara y pensó que más valía ser muy diplomática.

En consecuencia, tiró de las riendas de *Heron* un poco antes de llegar a la novena valla.

No le fue fácil contenerlo, porque el animal, indudablemente, quería vencer a *Red Rufus*.

Un grito de alegría escapó de las gargantas de los espectadores cuando Mary-Lee cruzó la meta.

–¡Bien hecho! ¡Bravo!– gritaban.

Con el rostro encendido por la excitación, Mary-Lee frenó a *Red Rufus* y volvió luego adonde estaban los demás.

–¡Gane, Papá!– exclamó–. *¡Gané!*

–¡Claro que sí!– dijo Alton Westwood–. Me siento muy orgulloso de *mi niña*, porque éste es un triunfo para las barras y las estrellas.

–¡Por supuesto que lo es!– reconoció el Marqués–. Y esta noche vamos a celebrarlo. ¡Felicidades, Señorita Westwood! ¡Ha estado usted magnífica!

Dio una palmada a *Red Rufus* en el cuello y después se volvió hacia Carola, diciéndole mientras acariciaba también a *Heron,*

–¿Te sientes bien, mi amor? ¿No ha sido demasiado esfuerzo para ti?

–¡No, claro que no!– contestó Carola–. He disfrutado mucho con la carrera.

El Marqués la miró fijamente y, con voz que sólo ella pudo oír, dijo,

–¡Gracias! A eso le llamo yo diplomacia.

Con los ojos, Carola le manifestó que se alegraba de que él comprendiera. El Marqués se había dado cuenta de que ella, de haberlo querido, hubiera podido ganar la carrera.

Terminada la competencia entre Carola y Mary-Lee, llegaba el turno de que los hombres recorrieran la pista de obstáculos.

Una vez que todos lo hicieron a su satisfacción, galoparon junto con las dos jóvenes por los prados adyacentes y luego volvieron a la casa a través del bosque.

–Lo que usted necesita en sus campos, Marqués– iba diciendo Alton Westwood– es la nueva maquinaria que estoy usando en mi rancho de Tejas. Hace el trabajo en la mitad de tiempo y estoy seguro de que estos campos, con el tratamiento adecuado, podrían producir cosechas de primera.

–No lo dudo en absoluto– contestó el Marqués–, pero estoy seguro de que la maquinaria de que usted habla cuesta mucho dinero. Esa es la razón de que mi finca esté tan descuidada.

–Pues es algo que tendremos que corregir en el futuro, Marqués– dijo Westwood.

Hablaba con tal firmeza, que Carola pensó que la Presidencia de la compañía ya era del Marqués.

A menos, desde luego, que algo imprevisto lo impidiera.

"¡Me alegro tanto por él... tanto... *tanto!*" pensó

*

Cuando llegaron a la casa era ya hora del almuerzo.

Carola y Mary-Lee se cambiaron la ropa de montar porvestidoselegantes y bonitos.

—¿Qué vamos a hacer esta tarde?– preguntó Mary-Lee.

—Estoy segura de que mi esposo ha planeado algo emocionante– contestó Carola–. Le satisface mucho tenerles aquí a usted y a su padre.

—Yo estoy disfrutando también de mi estancia aquí. ¡Y me alegra haber ganado la carrera!

—En otra ocasión utilizaré ropa mas cómoda, como la suya– dijo Carola–. Entonces tal vez tenga mayor posibilidad de vencerla.

Mary-Lee se echó a reír.

—Eso escandalizaría a los hombres mas de lo que yo los he escandalizado hoy. Me doy cuenta de que me miran con desdén y piensan que sólo soy una americana ignorante que no sabe comportarse.

—Estoy segura de que nadie piensa tal cosa– protestó Carola.

—¡Por supuesto que sí!– insistió Mary-Lee–. Si quiere saber la verdad, tengo un traje de montar muy parecido al suyo, que me pongo cuando estoy en Nueva York. Pero se me ocurrió que haría bien a los ingleses ver que el punto de vista norteamericano puede ser diferente al suyo.

Carola rió, pensando que Mary-Lee era mucho más inteligente de lo que la mayor parte de la gente esperaba.

Era muy audaz por su parte vestirse deliberadamente de manera nada convencional.

Mientras se dirigía a su habitación pensaba que el Marqués había cometido un error al no considerar a Mary-Lee como posible esposa. El necesitaba dinero con urgencia para sostener esta casa magnífica y mejorar la finca.

Mary-Lee no sólo era bonita, sino también lo bastante inteligente para adaptarse a la elevada posición de Marquesa en la sociedad británica.

Durante el almuerzo mantuvo constantemente divertidos a los hombres sentados junto a ella.

El Marqués había hecho planes para que fueran luego en carruaje a ver el mirador que uno de sus antepasados había construido a unas dos millas de la casa.

Ofrece una maravillosa vista que abarca cuatro condados– explicó–, y espero que el Señor Westwood quede impresionado.

–Lo que me deprime– manifestó Westwood– es que me siga llamando "Señor". Me llamo Alton para todos mis amigos, ¡y si no somos amigos a estas alturas, sólo puedo decir que deberíamos serlo!

–Tiene mucha razón– reconoció el Marqués–, y por mi parte estoy encantado de llamarlo Alton. Como usted sabe, yo me llamo Alexander.

Los otros hombres los imitaron y empezaron a tutearse y llamarse por el nombre de pila.

Carola pensó divertida que aquello era muy poco inglés. Entre los caballeros ingleses la costumbre era llamarse por el apellido o, si era el caso, por el título nobiliario.

«¡Todos terminaremos por volvernos americanos antes que esto termine!», se dijo, y le pareció que los antepasados del Marqués miraban con desaprobación lo que sucedía, desde sus retratos de marco dorado.

Ella y Mary-Lee subieron a ponerse el sombrero y Carola cogió también una sombrilla que había llevado consigo por si se sentaban en algún momento al sol.

Su Madre había insistido siempre en que no debía arruinar su blanco cutis exponiéndolo a las quemaduras del sol. Observó que Mary-Lee, debido a que había vivido siempre en un rancho donde cabalgaba sin sombrero, tenía un tinte dorado en su piel blanca.

A ella el tono bronceado le sentaba muy bien, pero no tenía el cabello rojo.

Al bajar se encontraron con que había una extraña variedad de vehículos esperando ante la puerta.

El Marqués y Peter los habían sacado de donde estaban guardados desde varias generaciones atrás.

Había un faetón de altos estribos que estuvo de moda durante el Reinado de Jorge IV, una calesa construida a principios de la época victoriana, una Carroza Britchka, que había sido inventada por el Conde d' Orsay, el amante de Lady Besborough.

Los vehículos fueron motivo de gran diversión para los huéspedes.

El Marqués insistió en conducir el faetón y en llevarse consigo a Carola y Peter.

–¡No dejaré a mi esposa a merced de ninguno de ustedes!– dijo a los otros hombres–. Usted, Duque, sugiero que se lleve a Alton en la Carroza Britchka que requiere ser conducida con mucha pericia. En cuanto a Mary-Lee, creo que irá más segura en la calesa.

Mary-Lee aceptó viajar junto al Conde.

En el último momento, Lord Durrel dijo que él nunca había subido a un faetón y le encantaría hacerlo.

Por lo tanto, cambió de puesto con Peter.

Al fin iniciaron la marcha, y Carola se sintió agradecida de que el Marqués condujera tan bien.

—Con frecuencia me he preguntado cómo lograban conducir estos faetones por los malos caminos que había entonces— comentó—. Pero recuerdo haber leído que el Príncipe Regente estableció la marca de hacer el recorrido a Brighton, en uno de estos coches, en cinco horas y veinte minutos.

—Yo podría hacerlo en menos tiempo con mis caballos y por estos caminos ya mejorados— afirmó el Marqués.

—Un día podrías intentarlo— dijo Lord Durrel—. Estoy seguro de que alguien del *Club Whites* estaría dispuesto a apostar una fuerte suma de dinero a que te ganaría en una carreta tirada por asnos o algo igualmente improbable.

El Marqués se echó a reír.

Carola pensó que, cuando terminase aquel fin de semana, ella recordaría siempre lo mucho que se había divertido. Todo era muy diferente de como esperaba.

Alton Westwood se mostró debidamente impresionado por el mirador, y después del paseo todos volvieron a casa a tomar un té tardío, pero espléndido. Carola comió muy poco, porque no quería perder el apetito para la cena. Cuando subieron, Mary-Lee entró primero en su dormitorio. Carola, cuando se dirigía al suyo que estaba al fondo del corredor, oyó que Peter la llamaba. Se detuvo y su hermano, acercándosele, dijo en voz baja,

—Necesito hablar contigo.

Ella iba a decirle que entrara en su dormitorio, cuando recordó que la doncella estaba allí. Peter adivinó lo que estaba pensando y abrió la puerta de una habitación que había cerca y a la sazón no ocupaba nadie. Cuando Peter hubo cerrado la puerta, Carola le preguntó preocupada,

—¿Qué sucede?

—Acabo de darme cuenta de una cosa— dijo Peter—. Alton quiere ir a la Iglesia mañana y el Marqués ha hecho preparativos para que todos lo acompañemos, ¡pero tú no puedes ir con nosotros!

—¿Por qué no?— preguntó Carola, pero al momento, antes de que Peter pudiera contestar, adivinó la causa.

—Piensas que podría haber alguien que…— empezó a decir.

—¡Que te conociera!— concluyó Peter—. ¡Por supuesto! Otras personas del condado van a la Iglesia y, ciertamente, quedarían asombradas al saber que el Marqués está casado sin que nadie se hubiera enterado.

—¡Sí, claro, claro!— reconoció Carola—. ¡Oh, Peter, menos mal que has pensado en ello! De cualquier modo, me gustaría ir a la Iglesia mañana que es domingo— añadió—. Sabes que siempre lo hago.

—Siempre puedes rezar tus oraciones, y bien sabe Dios cuánto las necesitamos, en la Capilla.

—¿En la Capilla? No tenía idea de que hubiese una.

—Por supuesto que la hay— dijo Peter, como si ella fuese muy tonta al no saber aquello—. El problema es que estaba tan ocupado, que no tuve tiempo de ponerla en orden.

—Desde luego, iré a rezar allí. ¿Dónde está?

—Es muy fácil encontrarla. Pasando el dormitorio del Marqués, al final del pasillo, encontrarás una escalera que casi nunca se utiliza.

Carola oía con gran atención la explicación de su hermano, que continuó diciendo,

—Lleva directamente a la Capilla. En otros tiempos la utilizaba el Señor de Brox Hall.

—¡Me imagino que los antepasados del Marqués eran más religiosos que él!

—Creo que encontraré la Capilla sin dificultad— dijo Carola—. Y tú, por si acaso el Señor Westwood quiere verla, será mejor que pidas a los jardineros que pongan flores en ella. De otro modo, puede criticar al Marqués por tenerla descuidada.

—Sí, tienes razón— convino Peter—, es buena idea. Y por cierto, Carola, todos están asombrados de la forma brillante en que llevas a cabo tu actuación.

—Todavía nos falta mucho para cantar victoria, así que debemos tener cuidado.

—Es lo que trato de hacer— contestó Peter.

La cena fue muy divertida, y luego, en vez de ir al Salón de Música como Carola esperaba, el Marqués los llevó a la Sala de Billar, que se encontraba en otra Ala de la mansión. Era una amplia estancia con una gran Mesa de Billar hábilmente iluminada.

Había también otros juegos de salón, como un tablero para dardos y un hockey de mesa.

Carola jugó a esto con el Conde y luego, cuando éste se cansó, el Duque se apresuró a sustituirlo.

La joven estaba disfrutando del juego hasta que el Duque, viendo que los demás se hallaban distraídos en otras cosas, le dijo en voz baja,

—Quiero hablar con usted a solas. ¡Tiene que darse cuenta de que me está volviendo loco!

—¡Tenga cuidado!— murmuró Carola—. ¡Recuerde que está de luto riguroso por su esposa y no se consuela de la pérdida!

—¡Estoy harto de esta farsa!— se quejó el Duque en tono petulante—. Hace calor. Venga conmigo a pasear por el Jardín.

—Sabe muy bien que el Señor Westwood se escandalizaría si lo hiciéramos.

—¡Maldito americano! Estoy harto de ver a Alexander derritiéndose por usted, cuando eso no significa nada. Quiero decirle lo que siento por usted, Carola, ¡y mis sentimientos sí son auténticos!

—Creo que es hora de que me vaya a la cama— dijo Carola—. Buenas noches, Señoría.

Se alejó de la mesa donde estaban jugando y se acercó al Marqués, enfrascado con el Señor Westwood en una partida de billar.

—Estoy un poco cansada— dijo—. Espero que me perdonen si me voy a acostar.

—Por supuesto, amor— contestó el Marqués—. Creo que es muy sensato por tu parte irte a descansar. Te acompaño hasta la escalera.

Dejó el taco y dijo a Westwood,

—Discúlpame un momento, Alton. Mi esposa quiere irse a la cama ya y como no quiero despertarla cuando suba, le daré ahora las buenas noches.

Sin esperar la respuesta del norteamericano, le rodeó la cintura con un brazo y la condujo hacia la puerta.

Una vez que estuvieron fuera la soltó y dijo,

–Has estado maravillosa. Espero poder decírtelo algún día de modo mas expresivo.

–Todavía nos falta el día de mañana– le advirtió Carola.

–No lo he olvidado– contestó el Marqués.

Llegaron al pie de la escalera y Carola observó que había un lacayo de servicio en el vestíbulo.

El Marqués también se había dado cuenta de ello, así que tomó una mano de la joven y la besó.

Ella, conteniendo un estremecimiento, empezó a subir la escalera.

–Subiré a acostarme temprano– dijo el Marqués en voz alta–. Todos hemos pasado un día muy fatigoso.

–Pero delicioso, puntualizó Carola, volviendo apenas la cabeza, y se apresuró a subir.

Ya en su habitación, tiró del llamador para que Jones fuese a desabrocharle el vestido. Era un alivio poder meterse en la cama, pero aún quería leer un poco.

Abrió el libro, mas se dio cuenta de que tras la cabalgada de la mañana y el paseo de la tarde, estaba muy cansada. Cerró los ojos, con la esperanza de dormirse y en cambio se encontró pensando en el Marqués.

Aún creía sentir sus labios en la mano.

Se preguntó si él echaría de menos a Lilac Langley y si estaría suspirando por la hora de volver a Londres y verla de nuevo. Oyó que los demás miembros del grupo subían a acostarse y ella seguía despierta. Sintió de pronto mucha sed.

Se levantó de la cama y abrió las cortinas un poco. Entraba la claridad lunar y no necesitó más luz para ir al lavabo, junto al cual habían dejado una jarra de agua para beber.

Se quedó en pie unos momentos fascinada por la belleza de la noche. La luna y las estrellas en el cielo ofrecían un espectáculo tan hermoso, que casi parecía soñado.

Carolase quedó de pie por un momento, transportada por aquella belleza, ajena a todo lo que no fuera el encanto que se desplegaba ante sus ojos. De pronto oyó un ruido a sus espaldas y, sobresaltada, volvió la cabeza.

La puerta que daba al corredor se estaba abriendo con mucha lentitud. Por un momento, casi no pudo creer que aquello estuviera sucediendo. Después pensó que sería Peter, tal vez para decirle que algo había salido mal. La puerta se abrió un poco más y la figura de un hombre se dibujó a contraluz.

Al reconocer de quién se trataba, Carola sintió que su corazón dejaba de latir. El hombre avanzó hacia el interior del dormitorio. Carola, con un miedo desesperado, miró alrededor y vio que la puerta de comunicación interior estaba muy cerca de donde ella se encontraba. Rápidamente, en completo silencio gracias a que estaba descalza, se dirigió hacia ella.

Sin ruido, hizo girar la manija, empujó la puerta y se deslizó en la habitación contigua.

Capítulo 6

LA HABITACIÓN del Marqués estaba sumida en la oscuridad y Carola se quedó mirando como si lo hiciera al vacío. Temblaba de pies a cabeza. Antes de que pudiera pensar en lo que debía hacer, se abrió una puerta al otro lado de la habitación y entró el Marqués, con un candelabro de cuatro velas en la mano. Lo dejó sobre la mesita de noche y en aquel momento Carola corrió hacia él.

Cuando los brazos masculinos la rodearon, dijo en un murmullo casi ininteligible,

—¡El Duque está en mi dor...dormitorio— y yo estoy... muy asustada!

El Marqués la sintió temblar contra su cuerpo y por un momento se limitó a abrazarla.

Después dijo en voz baja,

—Yo me encargaré de esto.

La hizo sentarse en la cama y se dirigió a la puerta de comunicación con el otro Dormitorio, que Carola había dejado entornada al entrar.

Con tono natural, dijo en voz alta,

—Como te estaba diciendo, Peter, tú y Carola deben tener mucho cuidado con lo que dicen en presencia de Alton Westwood. Me ha dicho otra vez esta noche lo escandalizado que está por todo lo ha oído sobre la conducta de la Alta Sociedad londinense.

Hizo una pausa y como si Peter o Carola le hubieran contestado, se echó a reír.

–Eso, desde luego, es verdad– añadió–. Sin embargo, no podemos esperar que la gente de otros países comprenda todas las peculiaridades del nuestro. Mi padre siempre decía que somos un pueblo muy insular, especialmente en lo que se refiere a nuestros placeres.

Cuando terminó de hablar se quedó escuchando un momento y oyó el ruido de una puerta que se cerraba.

Volvió a cruzar la habitación para acercarse a Carola que continuaba sentada en la orilla de la cama, donde la había dejado. Los ojos parecían llenar todo su rostro, a causa del miedo que había sentido.

No se daba cuenta de que estaba cubierta sólo por un fino camisón, casi transparente. Con el cabello rojo cayéndole sobre los hombros, casi hasta la cintura, se la veía tan hermosa que el Marqués pudo entender el deseo del Duque de estar a solas con ella.

La idea, sin embargo, hizo que se sintiera furioso. Se sentó junto a ella y le dijo con voz serena,

–Tranquilízate, el Duque se ha ido.

Carola lanzó una exclamación y apoyó el rostro en el pecho masculino.

–Yo.. yo no podía imaginar que fuese capaz de entrar en mi dormitorio– murmuró.

–Supongo que deseaba hablar contigo– dijo el Marqués–. Es difícil hacerlo cuando hay tanta gente delante.

–El… dijo que… quería besarme…, pero yo no quiero que lo haga.

El Marqués pensó que el Duque quería mucho más que un beso, pero sin duda Carola era tan inocente que no se daba cuenta de ello.

—Estoy seguro de que no volverá— le dijo, y notó que un leve temblor sacudía a Carola antes de que ella dijera,

—Ha sido usted muy inteligente al aparentar que Peter estaba aquí.

—Sí, ha sido buena idea— sonrió el Marqués—. Habría sido un error acusar al Duque de tomarse demasiadas confianzas contigo.

—¡Yo he tratado de evitarlo, se lo aseguro!— dijo Carola.

No quería que el Marqués pensara que había alentado al Duque a tomarse libertades ni que había coqueteado con él.

—Ya me he dado cuenta de ello y me parece muy sensato que hayas acudido a mí en busca de ayuda. Sin embargo, Carola, no olvides que es Duque y está libre.

Carola levantó la cabeza.

El Marqués pudo ver el asombro en sus ojos.

—¿Usted no querrá decir—? ¡Pero es— demasiado mayor! ¡Ni por un momento ha cruzado por mi mente la idea de que pudiera enamorarse de mí!

—Eres muy hermosa— dijo el Marqués en voz baja— y tienes que acostumbrarte, Carola, a que los hombres pierdan el corazón al mirarte, lo mismo si son jóvenes que viejos.

Carola se estremeció.

—Creo que cuanto antes vuelva a vivir tranquila, con los caballos como única compañía, ¡mejor será!

El Marqués sonrió.

—Creo que eso sería un desperdicio de tu belleza y también de tu inteligencia, como ya te dije.

—Nunca hubiese podido imaginar que alguien como el Duque— fuera capaz de entrar en mi habitación. ¡Mamá se habría sentido horrorizada!

—Creo que se habría sentido escandalizada también de que fingieras ser mi esposa— reconoció el Marqués—, pero como ya te habrás dado cuenta, al hacerlo me has salvado a mí, y también a Peter, de andar continuamente necesitados de dinero.

Carola lo miró con los ojos muy abiertos.

—¿Quiere usted decir— que está todo arreglado ya? ¿Va a ser usted Presidente de la compañía y Peter entrará en el consejo directivo?

—Todo ha quedado arreglado esta noche, antes de la cena— repuso el Marqués—. Y a menos que algo imprevisto suceda, todo quedará firmado y legalizado tan pronto volvamos a Londres.

—¡Me alegra tanto saberlo—! ¡Ah, qué contenta estoy!

—Y yo muy agradecido— dijo el Marqués.

Carola se puso en pie.

—¿Cree que no hay ningún peligro en que vuelva a mi cuarto?— preguntó con nerviosismo.

—Sí, estoy seguro de ello— contestó el Marqués—. De cualquier modo, permíteme cerciorarme de que es así.

Atravesó la habitación y abrió la puerta de comunicación. A la luz de la luna que entraba por la ventana, pudo corroborar que el dormitorio de Carola estaba vacío, y cerrada la puerta que daba al corredor.

Carola lo había seguido con pasos cautelosos.

—¿Se ha ido realmente?— preguntó.

—Puedes verlo por ti misma. Mas para que estés tranquila, cerraré la puerta con llave mientras tú te metes en la cama.

Una vez que hubo cerrado, el Marqués se dio la vuelta. A la luz de la luna, Carola ofrecía un aspecto etéreo e insustancial como una princesa de cuento. Se quedó mirándola absorto, sin hablar.

Ella, echándose hacia atrás el largo cabello, dijo,

—Gracias, muchas gracias por ser tan bondadoso y comprensivo. Tal vez ha sido tonto por mi parte asustarme tanto, pero...

—Lo que has hecho ha sido muy sensato— le aseguró el Marqués—. Puedes acudir a mí cuando quieras. Si hay algo más que te asuste por la noche, sean fantasmas, vampiros o seres humanos, recuerda que estoy en la habitación de al lado.

Carola se echó a reír, tal como él pretendía, y al ver que el Marqués se disponía a irse, extendió una mano diciendo algo titubeante:

—Tal vez piensa usted que soy muy tonta, pero— ¿podría dejar abierta la puerta qué nos separa? Así, si grito, usted podrá oírme.

—Te aseguro que mi sueño es muy ligero— contestó el Marqués—. Si me llamas, vendré al instante.

—Gracias.

El Marqués le cogió una mano.

—Ahora, a dormir— le dijo—. Quiero que estés especialmente bonita mañana, para que Alton vuelva a los Estados Unidos pensando que, no obstante lo mal que se comporta la Alta Sociedad inglesa, sus marqueses son irresistibles. Carola rió de nuevo y contestó.

—Estoy segura de que, diga usted lo que diga, él seguirá pensando que las mujeres norteamericanas son mucho más bellas.

–Supongo que tiene razón– reconoció el Marqués–. Por mi parte te aseguro que, cuando me case, ¡no será con una norteamericana!

Hablaba con tanta firmeza, que Carola se sorprendió. En lugar de besar su mano, el Marqués la soltó con delicadeza sobrelasábana.

–Buenas noches, Carola– dijo con voz profunda.

–Buenas noches– contestó ella–. Una vez más, ha agitado usted su varita mágica… ¡y se ha realizado el prodigio!

–Así quiero que lo pienses tú al menos– dijo el Marqués en voz baja.

Se acercó a la ventana para echar las cortinas y después pasó al otro dormitorio, dejando abierta la puerta de comunicación.

*

El Marqués había ordenado a su ayuda de cámara, Dawkins, que lo despertara temprano. Pretendía montar a caballo antes del desayuno. Había invitado a Alton Westwood a cabalgar con el, sugiriendo que debían hacer un poco de ejercicio antes de ir a la Iglesia. El americano dijo que le parecía una excelente idea. El Marqués le prometió llevarlo a una parte de la finca donde no habían estado antes.

–Hay allí algunos setos que son demasiado altos para que los salte una mujer, pero creo que a ti te gustará intentarlo.

–¡Claro que sí!– contestó Westwood.

El Marqués se vistió en silencio, ayudado por Dawkins. Le disgustaba hablar mucho a primera hora de la mañana. Cuando estuvo listo, Dawkins, que llevaba muchos años con él, dijo,

—Debo informar a Su Señoría de que ayer, cuando uno de los sirvientes nuevos fue al pueblo, vio a unos extranjeros de aspecto nada recomendable que andaban preguntando si Su Señoría, y el Señor norteamericano estaban aquí.

—¿Extranjeros?— preguntó sorprendido el Marqués.

—Dice que estaban en la tienda y hablaban de una manera extraña, como si lo hicieran por la nariz. Yo me preguntaba, Señoría, si no significaría eso algún problema para el Señor Westwood.

El Marqués frunció el entrecejo.

—Ciertamente, es extraño que haya americanos en nuestro pueblo. Pero creo que será mejor no decir nada de ello al Señor Westwood ni a su secretario.

Es lo que pienso yo también, Señoría. Pero por si acaso hubiera algún problema, he traído aquí los revólveres de Su Señoría.

—¿Dónde los has puesto?

—En la cómoda Señoría, tanto el viejo como el nuevo que compró usted antes de cruzar el Atlántico.

—Bien, esperemos que no sean necesarios. Tú, Dawkins, mantén los ojos bien abiertos. Me consta que no pasa nada de lo que tú no te enteres.

Dawkins sonrió.

—Déjelo en mis manos, Su Señoría.

Cuando bajó el Marqués, Stevens, el mayordomo, lo estaba esperando. Los caballos que él y Alton Westwood iban a montar ya se hallaban listos ante la puerta.

—¿Cuántos Lacayos se quedan de guardia por la noche?— preguntó.

—Dos, Señoría— contestó Stevens—. Creo que Sir Peter los eligió él mismo cuando nos contrataron en Londres.

El Marqués asintió con la cabeza.

En aquel momento, Alton Westwood bajaba apresuradamente la escalera.

*

Carola había pedido el desayuno en la cama.

Tenía que disculparse de algún modo para explicar su inasistencia a la Iglesia, así que dijo que había amanecido con jaqueca. Su esposo, le explicó a Jones, había insistido en que se quedara en cama un poco más y tomara las cosas con calma.

Supuso que el Marqués le diría a Alton Westwood que ella había abusado de sus fuerzas, todavía limitadas, al montar y salir a pasear el día anterior, además del esfuerzo que significaba verificar que todos sus invitados estuvieran cómodos. Esto fue, efectivamente, lo que el Marqués dijo al norteamericano, y añadió,

—Mi esposa piensa más en los demás que en sí misma.

—Ya lo he notado— contestó Alton Westwood—. Creo que es usted un hombre muy afortunado de haberse casado con ella.

—¡Le aseguro que me doy perfecta cuenta!— aseguró el Marqués.

Mientras tanto, Carola miraba el sol que entraba a raudales por su ventana, sin poder reprimir el deseo de haber podido montar antes del desayuno. Los caballos del Marqués eran soberbios. Cuando volviera a su casa, encontraría a *Kingfisher* y los otros caballos que tenía en sus establos demasiado lentos.

«¡Cuánto me gustaría volver a montar a *Heron* antes de irme de aquí!», pensó.

Pero al menos tenía un libro interesante para distraerse y a ello se dedicó mientras desayunaba. Pasó todavía casi una hora antes de que hubiera de levantarse. Jones entró a ayudarla y estaba casi vestida, cuando la doncella dijo,

—La Señorita Westwood no ha ido a la Iglesia con los caballeros, Señora.

Carola quedó sorprendida.

—¿Está todavía en la casa?

—Sí, Señora. Su Señoría se fue hace una media hora, pero la Señorita Westwood estaba todavía dormida. Acaba de despertar.

Carola supuso que Mary-Lee se había acostado muy tarde la noche anterior.

La estaba peinando Jones cuando llamaron a la puerta y entró Mary-Lee.

—Me han comentado que no había ido usted a la Iglesia— dijo—. Yo estaba dormida como un tronco cuando se fueron e imagino que Papá se enfadará mucho conmigo porque no he asistido al Servicio Dominical.

—He amanecido con jaqueca— contestó Carola—, pero el dolor se me ha pasado ya, así que voy a bajar a la Capilla. ¿No le gustaría venir conmigo?

—¿Hay una Capilla aquí?— preguntó Mary-Lee—. ¡Qué emocionante!

—La mayor parte de las mansiones inglesas, sobre todo en el campo, tienen su propia Capilla— explicó Carola.

—¡Esa me parece una idea realmente sensacional! ¡Cuando se lo diga a papá, seguro que querrá tener una en casa!

Carola se echó a reír.

—Entonces, ciertamente, debemos mostrarle la Capilla cuando vuelva.

Carola se levantó del banquillo donde estaba sentada frente al tocador y se volvió hacia Jones.

—Muchas gracias. ¿Puede hacerme el favor de sacar el sombrero que combina con este vestido? Tiene camelias blancas como adorno. Supongo que saldremos a pasear en carruaje después de almorzar.

—Muy bien, Señora. Si me necesita en algún momento, sólo tiene que tirar del llamador— contestó Jones.

—Así lo haré— dijo Carola y, enlazando su brazo con el de Mary-Lee, salió de la habitación en compañía de la joven norteamericana.

—Hay una escalera al final del corredor— dijo, recordando lo que Peter le había explicado—. Conduce directamente a la Capilla. Resultaba muy conveniente en los viejos tiempos, cuando el Marqués de Broxbourne en turno, quería rezar.

—Tenemos que mostrarle eso a Papá— dijo Mary-Lee—. Está convencido de que, comparados con los norteamericanos, los ingleses son casi paganos en sus costumbres.

—Entonces debemos sacarlo de su error. ¡Y me encanta saber que él no tiene todavía una Capilla privada!

—Estoy segura de que mandará construir una en cuando volvamos.

Cuando llegaron al fondo del corredor vieron que, tal como Peter le había dicho a su hermana, partía de allí una escalera muy diferente a la principal, con sus candelabros de cristal y su dorada barandilla. Está era tan estrecha que apenas podían bajar una al lado de la otra.

Después tuvieron que recorrer un pasillo hasta llegar a la puerta de la Capilla.

Originalmente, debía haber sido muy bonita, pero en la actualidad necesitaba muchas reparaciones. Varios de los emplomados de las ventanas estaban rotos o rajados. Afortunadamente, Peter no había olvidado ordenar a los jardineros que pusieran flores y había dos jarrones llenos en el altar, a cada costado le habían colocado dos grandes macetas con azucenas que acababan de abrir.

También había flores en los alféizares de las ventanas, por lo cual, pese a su mal estado, la capilla se veía muy bonita.

Las bancas estaban dispuestas de una forma extraña. Eran de madera tallada y debieron de ser colocadas allí cuando se construyó la Capilla. Estaban situadas a los lados, de modo que el centro quedaba despejado. Parecía un arreglo poco usual hasta que, Carola cayó en la cuenta de que aquel espacio vacío debía de utilizarse para exponer el féretro del Marqués, o algún miembro de la familia, cuando moría.

Frente al altar había dos reclinatorios, con cojines de seda para arrodillarse.

Las dos muchachas se dirigieron instintivamente hacia ellos y se pusieron de rodillas.

Carola empezó a rezar en silencio para que todo continuara saliendo tan bien como hasta el momento. Oró también para que, tal como el Marqués le había dicho, los contratos que tanto interesaban a todos fueran firmados sin problema en Londres.

Levantó la mirada hacia el altar y entonces, súbitamente, se dio cuenta de que había un hombre detrás de ellas.

*

Dawkins salía de la habitación del Marqués, cuando vio a Jones que salía de la de Carola.

—¡Ah, está usted aquí, Señor Dawkins!— exclamó ella—. ¿Sabe a dónde ha ido la Señora Marquesa?

—A la Capilla— contestó Dawkins—, y la Señorita Westwood ha ido con ella.

—No va usted a creerlo— dijo Jones—, pero se me ha olvidado por completo darle un pañuelo a la Señora. Lo dejé sobre la cama y acabo de encontrarlo mientras ordenaba el dormitorio. Dudó un momento antes de decir,

—Hágame un favor, Señor Dawkins, ¿no podría bajar a dárselo a la Señora Marquesa? No me gusta ser descuidada en mis obligaciones.

Tendió el pañuelo al ayuda de cámara y éste lo tomó diciendo,

—Si hago esto por usted— dijo—, ¿qué me dará por la molestia? Yo me conformaría con un beso.

—¿Un beso? ¡Qué frescura!— replicó Jones—. ¡Soy demasiado vieja para esas tonterías y usted también, Señor mío!

—Está muy equivocada. Yo tengo todavía el corazón joven, como puedo demostrárselo si me da oportunidad.

La Señorita Jones se dio la vuelta con un fru-frú de enaguas.

—¡No tendrá esa suerte!— y se alejó con paso digno.

Dawkins se echó a reír y, con el pañuelo en la mano, bajó la escalera en dirección a la Capilla.

Iba por el pasillo cuando, a través de una ventana, vio un carruaje detenido frente a la puerta de la Capilla, que sorprendentemente, se encontraba abierta.

Dawkins se dijo al momento que algo extraño sucedía. ¿Por qué iba a entrar nadie a Brox Hall por aquella puerta casi olvidada en lugar de hacerlo por la principal?

Como conocía muy bien la casa, sabía dónde había una puerta que llevaba a la Sacristía.

Entró en ella y se acercó a la cortina que la separaba de la Capilla misma.

Se asomó por un lado de la cortina y vio horrorizado que dos hombres estaban cubriendo con sacos las cabezas de Carola y Mary-Lee, ambas arrodilladas en los reclinatorios.

Aquellos individuos actuaban con gran rapidez, de modo que los gritos de las muchachas fueron ahogados por los sacos. Las cubrieron con ellos hasta la cintura y se los ataron con una cuerda que no pudieran quitárselos. Dawkins vio que aquellas cuerdas la sujetaban también los brazos, impidiendo que movieran cualquier parte del cuerpo, aparte de las piernas.

Todo sucedió con increíble rapidez.

Al momento siguiente, los hombres habían levantado a las dos jóvenes en brazos y las llevaron, cargadas sobre el hombro, al carruaje detenido frente a la Capilla y en él las arrojaron.

Dawkins llevaba tanto tiempo con el Marqués, que había aprendido a pensar tan aprisa como su amo.

Salió de la Sacristía y subió corriendo por la escalera al dormitorio del Marqués.

Tomó las dos pistolas del cajón de la cómoda, se las metió en el bolsillo y de nuevo bajó corriendo la escalera, pero esta vez se dirigió a las caballerizas.

Una de las cosas que el Marqués hacía cada año era asistir a las maniobras militares que efectuaba la Reserva Militar del Condado, de la cual era miembro, y siempre llevaba consigo a Dawkins.

Los dos caballos que utilizaban en las maniobras estaban acostumbrados a los disparos que se hacían durante éstas. Cuando Dawkins llegó a la caballerizas dio las oportunas órdenes y los dos caballos fueron ensillados a la carrera. Dawkins montó uno de ellos y, llevando el otro por la brida, se dirigió a la Iglesia con la mayor rapidez posible.

La Iglesia estaba situada dentro del parque, cerca de las rejas que daban acceso a él. Cuando llegó el ayuda de cámara, el servicio acababa de terminar. Dos chicos del pueblo estaban a la puerta y Dawkins les dijo que sujetaran los caballos. Entró en la Iglesia y vio que el Marqués recorría el pasillo central escoltado por el Vicario.

Iba a ser el primero en salir, seguido por sus invitados. Al llegar a la puerta, el Marqués dijo,

—Adiós, Vicario, y gracias por el espléndido servicio. Es un placer estar de nuevo en casa.

—Y una gran alegría para todos nosotros tener aquí a Su Señoría— contestó el Vicario—. Toda la gente de los alrededores está muy contento de que Brox Hall haya vuelto a abrirse.

—Gracias— contestó el Marqués y echó a andar hacia su carruaje, pero se detuvo al reparar en la presencia de Dawkins.

—¿Qué ocurre?— le preguntó.

Dawkins se puso de puntillas para poder hablar al oído de su amo.

—La Señorita norteamericana y la Señora Marquesa han sido secuestradas, Señoría—murmuró—. Creo que sé dónde las llevan. He traído los dos caballos de maniobras y los revólveres de Su Señoría.

Por un instante, el Marqués se quedó inmóvil. Después dijo en voz baja,

—Gracias, Dawkins.

Llamó por señas a Peter y, mientras éste se acercaba, pidió al Duque,

—Lleve a Westwood de regreso a casa, ¿quiere? Acabo de saber que una de mis granjas se ha incendiado. Peter y yo iremos a ver qué podemos hacer.

—¡Qué mala suerte! Yo...– empezó a decir el Duque.

Pero el Marqués, sin prestar atención, corría ya hacia los caballos.

Cuando llegó junto a ellos, Dawkins deslizó uno de los revólveres en el bolsillo de su chaqueta.

Entonces el Marqués saltó a la silla.

Dawkins se acercó a Sir Peter y le dio la otra pistola disimuladamente, para que el chico que sujetaba el caballo no pudiera ver lo que sucedía.

El Marqués se entretuvo sólo el tiempo suficiente para preguntar:

—¿Hacía dónde crees que han ido, Dawkins, y cuántos eran?

—Son cuatro, Señoría, y a juzgar por el carruaje, que lleva dos caballos, creo que se dirigen a Londres.

—Es lo que me suponía— dijo el Marqués y lanzó su caballo a la carrera, seguido por Peter.

Sólo cuando ya iban cruzando el pueblo, preguntó el hermano de Carola.

—¿Qué ha sucedido? Me doy cuenta de que es algo grave.

—¡Secuestradores!— contestó el Marqués—. Me advirtieron esta mañana, pero no presté atención. ¡Si algo les sucede a Mary-Lee o a Carola, será culpa mía!

—¿Quieres decir que se las han llevado?— preguntó Peter con incredulidad.

—En un carruaje tirado por dos caballos— contestó el Marqués—. Tenemos que detenerlos antes de que lleguen al camino principal. No podrá ir muy rápido por estos senderos tan estrechos.

Diciendo esto, hostigó a su caballo y Peter hizo lo mismo. Los senderos, aparte de estrechos, eran serpenteantes, con curvas pronunciadas y altas bardas a los lados.

Sería imposible para un carruaje de cualquier tipo moverse por ellos con mucha rapidez, fueran cuales fuesen los caballos que tiraran de él.

Peter advirtió que el Marqués iba muy tenso, y él mismo se sentía sumamente preocupado.

Nada podía alterar más a Alton Westwood que el secuestro de su adorada hija. Y aunque tuvieran la suerte de rescatar a las dos muchachas, el incidente podía hacer que el norteamericano cancelara todos sus planes y decidiera volver a su país.

Habían recorrido unas dos millas a todo galope cuando, al rebasar una pronunciada vuelta del camino, vieron un carruaje algo más adelante.

El Marqués lanzó un profundo suspiro de alivio. Peter se acercó a él tanto como pudo.

—¿Qué vamos a hacer?— preguntó.

—Hay un bache unos cien metros más allá— contestó el Marqués—. Los caballos tendrán que reducir el paso de forma considerable y entonces entraremos en acción nosotros. ¡Ha de ser simultáneamente!

El Marqués explicó a Peter con exactitud lo que iban a hacer y continuaron galopando.

Poco después vieron que, en efecto, el carruaje aminoraba la velocidad.

La zanja podía ser peligrosa en Invierno.

A la sazón, debido a que había llovido poco últimamente, tenía sólo unos treinta centímetros de agua en el centro. Sin embargo, los dos caballos que tiraban del carruaje tenían que cruzarla al paso.

Al entrar el primero de ellos en el agua fue cuando el Marqués y Peter actuaron.

El sol brillaba en lo alto del cielo y hacía mucho calor. Tal como el Marqués había previsto, las ventanas del carruaje iban abiertas.

A través de ellas podían ver que las dos muchachas, atadas y cubiertas con los sacos, iban en el asiento posterior. Había dos hombres sentados frente a ellas, de espaldas a los caballos, y otros dos ocupaban el pescante.

El Marqués y Peter dispararon de forma simultánea, hirieron en un brazo a cada uno de los individuos que viajaban dentro del carruaje.

Mientras éstos gritaban de dolor al recibir el impacto, el Marqués y Peter dispararon de nuevo, esta vez al cochero y al lacayo que lo acompañaba en el pescante.

Igual que los otros, profirieron un alarido al ser heridos en el brazo.

Los caballos repararon asustados y, si no hubieran estado sujetos y en medio del profundo bache, habrían salido desbocados.

Como les era imposible, se limitaron a relinchar y patear inquietos.

El Marqués y Peter desmontaron, abrieron las portezuelas del carruaje y sacaron a los dos hombres que había en su interior.

El que sacó el Marqués se cogía el brazo herido con el bueno, pero en el momento en que cayó al suelo, hizo un intento de sacar su revólver.

El Marqués, actuando con rapidez, se lo quitó y lo arrojó al agua de la zanja.

Después volvió al carruaje para coger en brazos a Carola. Peter al mismo tiempo, se encargaba de Mary-Lee.

El cochero y el lacayo, gimiendo y maldiciendo por el dolor de las heridas, habían caído al suelo.

El que estaba mas cerca de Peter había dejado caer el revólver que sin duda llevaba en la mano.

Al mismo tiempo que levantaba en brazos a Mary-Lee, Peter, de una patada, lanzó el arma al agua de la zanja. Después procedió a desatar la cuerda que rodeaba la cintura de la joven y quitarle el saco que cubría su cabeza. Medio asfixiada y llena de miedo, Mary-Lee, al ver quién era, le echó los brazo al cuello.

—¡Me... me has salvado!— exclamó echándose a llorar.

El Marqués también había librado a Carola del saco y las ligaduras.

Ella había comprendido, tan pronto como oyó los disparos, que, milagrosamente, el Marqués había llegado a salvarlas. Estaba aterrorizada desde que fue sacada en vilo de la Capilla.

Después, cuando la arrojaron bruscamente sobre el asiento del carruaje, y notó que hacían lo mismo con Mary-Lee, comprendió lo que estaba sucediendo.

Se preguntó con desesperación si sería posible que el Marqués se enterase de que las habían secuestrado.

Los hombres que las habían sacado de la capilla no hablaron en ningún momento, pero por su respiración se dio cuenta de que iban frente a ellas en el carruaje. No cabía duda de que se encontraban las dos en una situación aterradora.

No había nadie más que ellas en la Capilla o cerca de ésta. Aquellos sujetos habían sido muy astutos al secuestrarlas cuando el Marqués y sus invitados estaban en la Iglesia.

El hecho de que supieran dónde iban a estar indicaba que contaban con la complicidad de algún

Sirviente. Por supuesto, quien les interesaba era Mary-Lee; si se la habían llevado también a ella era porque no podían dejarla para que contase lo ocurrido.

Por el ruido se dio cuenta de que el carruaje cruzaba la aldea y hubiera querido gritar pidiendo auxilio, mas tenía la cabeza cubierta y nadie oiría sus gritos.

Sospechaba que pasaría mucho tiempo antes de que el Marqués, que se encontraba tranquilo en la Iglesia, tuviera idea siquiera de la situación.

Sin embargo, mucho antes de lo que ella esperaba, sonaron aquellos disparos, seguidos por gritos de dolor.

Supo en aquel momento que las habían salvado. Y ahora, al mirar al Marqués a los ojos, vio el alivio que éstos reflejaban.

Con una voz que no le sonaba como suya, Carola preguntó,

—¿Cómo— cómo has sabido dónde estábamos?

El Marqués no contestó. Se limitó a alzarla en sus brazos y ponerla en la silla del caballo.

Tal como Dawkins había previsto, los dos caballos, acostumbrados a las maniobras, no se habían alterado al oír los disparos. Sólo se estremecieron ligeramente al sonar los primeros estallidos y después, cuando sus jinetes desmontaron, se dedicaron a pastar a un lado del camino.

El Marqués miró a Peter, que estaba al otro lado del carruaje, y vio que estaba besando a Mary-Lee, ajenos ambos a los gemidos y las maldiciones de los hombres heridos.

—¡Vámonos de aquí ahora mismo!— dijo el Marqués.

Peter levantó la cabeza y, viendo que Su Señoría había sentado a Carola en la montura del caballo, hizo lo mismo con Mary-Lee.

Después, uno y otro montaron detrás de las jóvenes. Cuando iniciaban la marcha hacia Brox Hall, Peter dijo,

—Te felicito, Alexander. Si alguna vez entramos en guerra, con gusto serviría a tus órdenes.

—¡Los dos han actuado maravillosamente!— exclamó Mary-Lee con voz ahogada, mientras las lágrimas seguían corriendo por sus mejillas.

Peter le rodeó la cintura con el brazo izquierdo y la apretó cariñosamente.

Cuando ya habían recorrido un trecho, Carola, debido a que el Marqués la llevaba abrazada con firmeza, ya no estaba tan asustada como antes.

—Espero, Mary-Lee— dijo el Marqués—, que su padre no se altere demasiado con lo sucedido.

—¿Sabe Papá lo que ha pasado? preguntó Mary-Lee.

El Marqués movió la cabeza de un lado a otro.

—No. Gracias a Dawkins, que nos llevó los caballos a la Iglesia, nadie más se enteró. Dije a todos que Peter y yo íbamos a ocuparnos de un incendio que se había iniciado en una de las granjas.

—¡Por favor, no le digan nada a Papá!— rogó Mary-Lee—. No deben decírselo.

—¿Qué no debemos decírselo?— repitió asombrado el Marqués.

—¡Claro que no! Papá se alteraría terriblemente. Cuando esto sucedió ya una vez en los Estados Unidos, pasé una temporada horrible, día y noche rodeada de guardaespaldas. ¡Casi no podía yo darme un baño sin que se asomaran a ver si seguía allí! ¡Por favor, no se lo digan o se echará todo a perder!

Carola se dio cuenta de que el Marqués parecía haberse relajado de pronto.

—Si usted lo desea así realmente— dijo él a Mary-Lee—, esto ha de ser un secreto entre nosotros.

—Así será muchísimo mejor— afirmó Mary-Lee—. ¡No podría soportar toda la alharaca que se produjo en la ocasión anterior, cuando Papá quería matar él mismo a los secuestradores!

—Entonces le prometo que nadie se enterará de lo que acaba de ocurrir— dijo el Marqués—. Cuando estemos más cerca de la casa, usted y Carola deben echar pie a tierra e ir andando, como si hubieran salido a pasear por el jardín.

—De acuerdo— dijo Mary-Lee—, así lo haremos. Y me alegro mucho de que hayan sido tan valientes como para salvarnos.

—Yo también me alegro mucho— murmuró Carola y, levantando la vista hacia el Marqués, al decir eso, y pensó en lo maravilloso que había sido.

Se dio cuenta entonces de que sus rostros estaban muy próximos y no pudo evitar el deseo de que él la besara de nuevo. El Marqués, con la mirada fija en el camino, no dijo nada. Entonces, de forma tan repentina que sintió un vuelco en el corazón, Carola comprendió que lo amaba.

Sentía que todo su ser vibraba al lado de él.

Lo que era simple farsa se había convertido, por lo que a ella se refería, en asombrosa realidad.

No había nada de farsa en lo que sentía por él: ¡era amor! El amor que había deseado siempre,… el amor que imploraba al cielo,… el amor que era divino.

El mundo parecía transfigurado porque él estaba cerca– mas comprendió que era un amor sin esperanza.

Él amaba a otra mujer y estaba tan fuera de su alcance como la misma luna.

Capítulo 7

CUANDO se acercaban a la casa, el Marqués dijo,

–Voy a bajarte aquí.

–Debemos entrar por una puerta lateral– opuso Carola–. ¡Seguro que tengo un aspecto horrible después de haber estado cubierta con ese asqueroso saco!

El Marqués la miró, con el cabello rizándose sobre su frente y una gran onda cayendo sobre un hombro.

–¡Yo te veo preciosa!– dijo.

Por un momento, ella sintió que se le contraía el corazón al oír la profundidad de su voz y ver la expresión de sus ojos. Al momento se dijo que, debido a que Mary-Lee podía oír lo que decía, el Marqués sólo estaba actuando.

Volvió la mirada hacia otro lado y no lo miró de nuevo hasta que se detuvieron en la parte posterior del jardín.

–Entren por la puerta del jardín– les indicó él–. Nadie las verá hasta que ya estén en su dormitorio.

–Eso me parece muy sensato– opinó Mary-Lee.

Peter, que había desmontado, bajó a la joven de la silla con todo cuidado.

Carola observó que la retenía en sus brazos más de lo necesario, mas se dijo que todos habían pasado por una experiencia traumática y lo único que Peter pretendía era tranquilizar a Mary-Lee, que aún parecía estar muy afectada.

Entraron ellas en la casa por la puerta del jardín, mientras los hombres se iban con los caballos a los establos.

Cuando subían por la escalera de servicio hacia el primer piso, Carola se preguntó qué hora sería. Habían sucedido tantas cosas, que si alguien le hubiera dicho que era ya muy avanzada la tarde, lo habría creído.

Sin embargo, cuando entró en su habitación y miró el reloj que había sobre la repisa de la chimenea, vio que sólo era la una menos cinco.

Jones la estaba esperando y lanzó una exclamación de disgusto al ver el estado de su cabello.

—¿Qué ha estado usted haciendo, Señora?— preguntó.

—Me enganché en una zarza— dijo Carola—. Lo siento. Espero que no le lleve mucho tiempo peinarme de nuevo.

—Claro que no, Señora, pero será mejor que tenga usted mucho cuidado. Un día me pinché un dedo con una zarza y tardó mucho tiempo en curarse.

Carola no contestó.

Ahora que había vuelto, y una vez pasada la tensión, se sentía de pronto lasa, como sin fuerzas. Nunca olvidaría lo asustada que se había sentido cuando, sin poder ver ni moverse, advirtió que el carruaje en que las habían metido se alejaba y pensó que nadie podría encontrarlas nunca.

Sabía que no era ella quien interesaba a los secuestradores, sino Mary-Lee porque era rica. Pero eso podía suponer, precisamente, que la trataran sin consideración o se libraran de ella, como fuese.

Mas no tenía objeto seguir pensando en ello, se dijo ahora. El Marqués, con su acostumbrada y brillante manera de hacer las cosas, las había salvado y seguro que tomaría precauciones para que algo así no volviese a suceder nunca.

Debían sentirse muy agradecidos a Mary-Lee por su decisión de que no se dijera nada a su padre. Sería una tragedia que el Señor Westwood decidiera volver a los Estados Unidos, sin querer saber nada más de los ingleses.

—Mire cómo ha quedado, Señora— le indicó Jones. Carola se miró en el espejo y le pareció extraordinario que no hubiera profundas arrugas en su rostro ni su cabello se hubiera vuelto blanco después de lo que había sufrido.

Se la veía como de costumbre, y esperaba que el Marqués pensara realmente, como había dicho, que era preciosa.

«¡No seas tonta!», se reprochó con firmeza. «Si está enamorado de la mujer más hermosa de Inglaterra, ¿por qué va a prestarte atención a ti, a menos que obtenga alguna ventaja de ello?»

Bajó la escalera y, al llegar al vestíbulo, oyó voces en el salón. Al parecer el Marqués y Peter se habían reunido ya con los demás caballeros.

Los encontró, como esperaba, tomando una copa antes del almuerzo.

—¡Ah, ya estás aquí, Querida!— exclamó el Marqués acercándosele—. Empezaba a preguntarme qué te habría sucedido.

La rodeó con sus brazos y la besó en la mejilla. Aunque ella trató de no emocionarse con la caricia, sintió que un leve estremecimiento recorría todo su cuerpo.

—El Jardín estaba tan hermoso, que perdí la noción del tiempo— explicó a modo de excusa.

En aquel momento entró Mary-Lee como una tromba.

—Si llego con retraso, les ruego que no se enfaden conmigo— pidió—. El motivo es que la Marquesa y yo hemos pasado un rato delicioso entre las flores.

Se acercó a su Padre y lo besó diciendo,

—Siento no haber ido contigo a la Iglesia, Papá, pero me quedé dormida.

—Te has perdido un magnífico sermón— dijo Alton Westwood.

Se anunció el almuerzo y todos pasaron al comedor. Fue una comida muy agradable, pero Carola se sentía débil y un poco ajena a todo. Sin duda era la reacción a todo lo que había ocurrido por la mañana.

Cuando salían del comedor, el Marqués dijo,

—Creo que deberías subir a descansar, Querida. Temo que has andado mucho esta mañana y ya sabes lo que dijeron los médicos.

—Sí, es verdad, me siento un poco cansada— reconoció Carola.

—Trata de dormir— dijo él—, y si no te sientes bien a la hora del té, estoy seguro de que la Señorita Westwood hará muy bien el papel de anfitriona en tu lugar.

—¡Claro que lo haré!— dijo Mary-Lee—. Pero Peter y yo vamos a ver los caballos. Me he enterado de que fueron a la caballeriza cuando volvieron de la Iglesia.

—Así es— confirmó Alton Westwood—, y te aseguro que me quedé impresionado. Desafortunadamente, nuestro anfitrión tuvo que ir a sofocar un conato de incendio,

—Fue una falsa alarma— dijo el Marqués con naturalidad ó más bien, un pequeño incendio que no merecía mi presencia. Hubiera preferido pasar ese tiempo con ustedes.

—¿Y qué has planeado para nosotros esta tarde?— preguntó Alton Westwood.

Hubo una breve pausa antes de que el Marqués contestara,

—Se me ha ocurrido que como hace mucho calor, tal vez prefieran pasar una tarde descansada y reponerse del ajetreo de los otros días. Yo, por mi parte, tengo bastante correspondencia que atender.

—Te diré lo que vamos a hacer— propuso Alton Westwood—. Celebraremos otra junta después de tomar el té, eso nos ahorrará tiempo cuando volvamos a Londres.

—Es buena idea— aprobó el Marqués—. Estoy seguro de que tienes muchas cosas que hacer en la capital. Ya he ordenado a mi secretario que se encargue de que mi vagón privado sea enganchado al tren expreso que pasa por aquí a las nueve y media. Eso significa que estaremos en Londres en poco más de una hora y lo tendremos todo firmado y sellado antes del almuerzo.

—Me parece muy bien— opinó Westwood y todos los demás se manifestaron de acuerdo.

Carola pensó que el Marqués estaba ansioso de que el asunto terminara, para poder volver a su vida normal sin preocuparse de los asuntos de Brox Hall.

Subió a su dormitorio y, sin llamar a Jones, se quitó los zapatos y se tendió en la cama.

No echó las cortinas, porque le gustaba ver cómo entraba el sol por las ventanas.

Pero estaba más cansada de lo que suponía y pronto se quedó dormida.

Al despertar con un estremecimiento, Carola recordó que había soñado con el Marqués.

Había sido un sueño muy real, por lo que resultó una profunda desilusión ver que sólo era eso, un sueño.

Miró el reloj y saltó de la cama con viveza al ver que eran las cinco en punto.

Se puso los zapatos y, a la carrera, bajó al salón, donde estaban todos los miembros del grupo con excepción de Peter y Mary-Lee.

—Lamento el retraso— dijo—. Confío en que no me hayan esperado para tomar el té.

—La verdad es que te estábamos esperando, Querida — sonrió el Marqués—. La Señorita Westwood no está aquí para ocupar tu puesto.

—Discúlpenme, por favor. Mi única excusa es que me quedé dormida.

—Que es precisamente lo que yo quería que hicieras— contestó el Marqués—. Estabas muy pálida antes del almuerzo y ahora, amor, las rosas han vuelto a tus mejillas.

—¡Qué poético estás!— rió Carola con cierto nerviosismo.

—No dice más que la verdad— intervino Alton Westwood—. Yo mismo no podría haberlo expresado mejor.

Carola le sonrió y empezó a servir el té. Había, como de costumbre, muchas exquisiteces que comer, pero ella no tenía hambre.

Sólo estaba intensamente consciente del Marqués y sentía que su corazón se portaba de forma extraña cada vez que él le hablaba o se acercaba a ella.

«¡Lo amo!», se dijo, llena de tristeza. «¡Pero a partir de mañana no volveré a verlo nunca!»

Para ahuyentar estas ideas lúgubres, preguntó a Westwood,

—¿Cuándo vuelven usted y Mary-Lee a Estados Unidos?

—El martes— contestó el americano—, tan pronto como todo esté arreglado aquí y pueda dejar a su esposo a cargo de las cosas. Tengo que volver a la fábrica y ver qué sucede con los automóviles.

—Estoy segura de que saldrá todo como usted desee.

—¡Me sentiré muy desilusionado si no es así!— afirmó Alton Westwood.

—Igual que todos nosotros— dijo el Marqués.

Entonces se abrió la puerta y entró Mary-Lee en compañía de Peter.

—¿Dónde estaban ustedes dos?— preguntó Westwood. Mary-Lee corrió hacia su padre y, echándole los brazos al cuello, exclamó,

—¡Oh, Papá, que feliz soy! ¡Nunca en mi vida lo he sido tanto!

Westwood la miró sorprendido y Peter, que también se había acercado al norteamericano, declaró,

—A mí me ocurre igual, Señor. Como ya habrá adivinado, Mary-Lee me ha hecho el honor de aceptar ser mi esposa. Alton Westwood miró a Peter asombrado, y el Marqués exclamó,

—¡Bien hecho! ¡Ésa es la mejor noticia que he oído en mucho tiempo! ¡Enhorabuena, Peter!

Tendió la mano al joven y los otros hombres le rodearon para hacer lo mismo.

—Así que has decidido casarte con este caballero inglés– dijo Alton Westwood, por fin, dirigiéndose a su hija.

—Lo amo, Papá, y él me quiere a mí– dijo Mary-Lee con sencillez.

Al Marqués le pareció leer cierta desilusión en los ojos de Alton Westwood. Rápidamente, se acercó a él y le puso una mano en el hombro.

—A ti también hay que felicitarte, Alton, porque vas a tener como yerno al representante de una de las familias más antiguas de la historia de Inglaterra.

El norteamericano lo miró con expresión interrogadora y el Marqués continuó diciendo,

—Los Greton llegaron aquí con Guillermo el Conquistador y desde entonces, en una forma o en otra, se han distinguido en todas las épocas de la nación; un Greton fue armado caballero por su valentía en la batalla de Agincourt; otro fue estadista en tiempos de Enrique VIII, y Peter es el sexto Baron desde que el título fue concedido a su familia por Jacobo II. Su árbol genealógico es más antiguo que el mío, cosa que siempre molestó a mi Padre– concluyó el Marqués, riendo.

—¡No tenía idea!– dijo el americano, sonriente ahora. Estaba claro que no habría oposición alguna al matrimonio.

Carola besó a Peter diciendo,

—Espero que sean muy felices, querido.

—¡Lo seremos!– afirmó Peter.

Los hombres habían rodeado a Mary-Lee y, al darle la enhorabuena y, aprovechando la ocasión, le daban también un beso.

Ella reía, encantada con la emoción del momento. Peter llevó a Carola junto a la ventana.

—Haremos planes más tarde— le dijo—. Hablaré con el Marqués para decidir cómo le diremos a Westwood, en algún momento, que eres mi hermana.

—Sea cual sea la decisión, es mejor esperar hasta mañana, cuando todo se haya arreglado oficialmente— opinó Carola.

—¡Por supuesto! —convino Peter—. No somos ningunos incautos.

Hizo una breve pausa y añadió cambiando de tono,

—Amo a Mary-Lee, Carola, y me casaría con ella aunque no tuviera un penique. Mary-Lee quiere vivir en Inglaterra y está ansiosa de conocer la Casa Greton.

—Entonces, ¿no volverá a los Estados Unidos el martes?— preguntó Carola.

Peter se echó a reír.

—No he tenido tiempo de pensar en nada por el momento, más que en decir a Mary-Lee que la amo. Acordaremos todo lo demás cuando estemos solos, después que yo haya hablado con Alexander.

—Está bien— aceptó Carola.

Peter volvió al lado de Mary-Lee, como si no soportara separarse de ella ni un momento.

El Marqués pidió Champán para que todos pudieran brindar por los futuros esposos. Carola se dio cuenta de que seguía informando a Alton Westwood de la relevancia lograda por la familia Greton a través de la historia y le sorprendió que supiera tanto al respecto.

Pero, sin duda, era propio de su eficiencia el conocer perfectamente los antecedentes de las personas que integrarían el Consejo Directivo de la compañía que iba a presidir.

Se dio cuenta repentinamente de que el Duque estaba intentando un acercamiento a ella y, para evitarlo, una vez que bebió a la salud de Peter y Mary-Lee, subió a su habitación. Apenas tendría tiempo para descansar un poco antes de cambiarse para la cena.

Carola se puso uno de sus vestidos más bonitos y añadió por última vez algunas de las hermosas joyas que el Marqués había llevado de Londres. Su vestido era de un azul muy claro, del color del cielo en primavera.

Había encontrado entre las joyas un aderezo de turquesas y diamantes, formado por collar, pendientes y brazaletes, mas no había nada para ponerse en el cabello.

Tuvo una repentina idea y envió un mensaje a los Jardineros, por medio del lacayo que andaba repartiendo flores en una bandeja de plata para que los caballeros se las pusieran en el ojal.

Su solicitud tardó algún tiempo en ser atendida, pero justo antes del momento en que debía bajar a cenar, llegó una diadema hecha de orquídeas blancas y salpicada con nomeolvides.

Era tan bonita y original, que ni más deslumbrante tiara de piedras preciosas hubiera podido igualarla.

Carola vio la admiración en los ojos del Duque de Cumbria en cuanto entró en el salón.

Por el contrario, no pudo descifrar con certeza la expresión del Marqués. ¿Era admiración por su belleza— o por lo bien que representaba su papel?

Durante la cena todos parecían estar de muy buen humor. Hacían bromas a los jóvenes prometidos que, sentados uno al lado del otro, se miraban con ojos radiantes de felicidad.

—Se me ocurre una cosa— dijo el Marqués—, si Peter y Mary-Lee salen de luna de miel en uno de los automóviles Westwood, eso supondría una fantástica publicidad. ¡Todos los recién casados querrán tener su propio automóvil e imitarlos!

Mary-Lee lanzó un leve grito de protesta.

—¡No tenemos intención de esperar hasta que los coches lleguen a Inglaterra!— dijo—. ¡Y si quieren asistir a la Boda, tendrán que venir a los Estados Unidos el mes próximo!

—¿Tan pronto?— exclamó sorprendido el Duque—. ¿Qué tiene que decir a eso nuestro Presidente?

El Marqués hizo un expresivo ademán con las manos.

—Cuando dos personas se aman— dijo—, el tiempo no cuenta.

—Vamos a casarnos en Nueva York— anunció Mary-Lee—. Papá nos va a ofrecer la Boda más sensacional que se haya visto nunca. Y antes que tenga lugar, nos ofrecerá también el mejor baile que se haya celebrado nunca en Nueva York.

Entre risas y bromas, a lo largo de la comida todos aportaron sugerencias y nuevas ideas no sólo para la Ceremonia, sino incluso para la luna de miel.

Cuando se dirigían al salón, Carola le pasó a Mary-Lee un brazo por la cintura y le dijo,

—Me siento muy contenta por ti y por Peter.

—Es el hombre más maravilloso que he conocido— dijo Mary-Lee—. ¡Seguro que vamos a ser muy felices!

—¡Claro que lo serán!

—Peter me contó que no tenía intención de casarse, y mucho menos con una norteamericana, pero que tan pronto me vio se dio cuenta de que era la chica que había esperado toda su vida Y no podía correr el riesgo de perderme.

—Conozco bien a Peter, como puedes imaginar, y jamás lo había visto enamorado como lo está de ti.

—Yo cuidaré de él y lo querré siempre. Una vez que nos casemos, viviremos en Inglaterra, en esa casa que tanto significa para Peter.

—Eso será perfecto para los dos.

Cuando oyó que los hombres llegaban al salón, Carola pidió a Mary-Lee,

—Diles que me he ido a la cama.

De inmediato salió a través de uno de los grandes ventanales que daban al jardín. Con paso rápido se puso fuera de la vista de la casa y entonces empezó a andar con más lentitud.

La luz de la luna daba al jardín un hermoso tono plateado y el cielo brillaba con intensidad por las numerosas estrellas que en él cintilaban.

Era un espectáculo lleno de belleza y serenidad, pero Carola, en lugar de sentir elevado su espíritu al contemplarlo, como lo hizo la noche anterior antes de que el Duque irrumpiera en su habitación, tenía la sensación de que para ella el mundo estaba sumido en las tinieblas.

Pensaba que una vez que Peter y Mary-Lee se fuesen a vivir a la Casa Greton, ella perdería el hogar donde había sido tan feliz y no tendría a dónde ir. En segundo lugar, y esto la inquietaba mucho, estaba el problema de cómo decirle a Alton Westwood que ella no era Prima de Peter, sino su hermana. Además, tarde o temprano, Westwood tendría que saber que el Marqués no era casado.

Estos problemas parecían ser una espada de Damocles que amenazaba el futuro del Marqués y de Peter. Súbitamente, como si la solución al conflicto se la hubiera dicho al oído alguien ajeno a ella, supo que lo único que podía hacer para asegurar la felicidad de todos, excepto la propia, era desaparecer.

El Marqués podría informar a Alton Westwood, una vez que éste volviese a los Estados Unidos, que ella había muerto. De esa forma no habría reproches ni recriminaciones.

«Es lo que habré de hacer», se dijo. «La única cuestión es… ¿cuándo?»

Tenía, por lo menos, algún tiempo disponible, ya que Mary-Lee se iba a los Estados Unidos y Peter se marcharía con ella. El Marqués y el resto del Consejo Directivo se reunirían con ellos cerca ya del día de la Boda.

Decidió que lo mejor era que ella "muriese" antes de la partida. De esa forma no habría incómodas preguntas acerca de por qué no los había acompañado, ni surgirían dudas respecto a si el Marqués era casado o no.

De cualquier modo, la Empresa estaría ya en marcha antes de que ellos se fueran. De hecho, empezaría a existir tan pronto como llegaran a Londres al día siguiente.

«Debo pensar dónde ocultarme», se dijo Carola. «Tal vez fuese mejor hacerlo fuera del país.»

Trató de recordar si tenía alguna amiga que viviera en Francia o en cualquier otra parte del continente. Anduvo un poco más hasta llegar a unos arbustos en floración entre los cuales había un banco de madera.

Desde allí se veía la parte más alta de la casa, con la luz de la luna iluminando las estatuas de la cornisa superior. El estandarte del Marqués ondeaba por encima de ellas como un centinela.

Pensó con tristeza que, a partir del día siguiente, no volvería a ver nada de aquello nunca más. No soportaría pasar cabalgando cerca de la casa como antes hacía, sabiendo que ya no podía entrar en ella por la puerta principal. No volvería a oír que el Marqués le hablaba con su tono acariciador ni volvería a sentir el placer de tenerlo junto a sí…

—¡Lo amo! ¡Lo amo!— murmuró, sintiendo que las lágrimas empezaban a rodar por sus mejillas.

Cerró los ojos, tratando de contenerlas y, de pronto, una voz preguntó junto a ella,

—¿Por qué estás llorando, Carola?

El Marqués se había acercado en silencio.

Ella se estremeció al oírlo y se llevó las manos a la cara. Él se sentó a su lado, sacó un pañuelo del bolsillo y, apartándole las manos, la enjugó las mejillas y los ojos.

—No hay por qué llorar— dijo con dulzura.

—¡Sí… sí lo hay!— exclamó ella sin poder contener el llanto—. He estado pensando en el enredo en que nos encontramos… y lo único que puedo hacer… es desaparecer.

—¿Desaparecer?— preguntó sorprendido el Marqués.

–Sí…, puedes contar luego que morí… Será mejor que muera… antes de la Boda.

Las palabras salían con esfuerzo de los labios de Carola, y una vez más las lágrimas arrasaron sus ojos. Furiosa consigo misma por su falta de control, tomó el pañuelo de la mano del Marqués y se frotó los ojos con brusquedad.

–¿De veras crees que debería decir que has muerto?– preguntó él en voz baja.

–Es lo único que puedes hacer. Y tarde o temprano tendrás que decirle al Señor Westwood que Peter es mi hermano y no mi primo… Por otra parte, no debe saber nunca que no estábamos casados realmente. ¡Eso lo escandalizaría muchísimo!

–Me doy cuenta de ello– dijo el Marqués.

–Así que, como puedes ver, la única solución a todo es que yo desaparezca– y te conviertas en viudo.

Se hizo el silencio por un momento. Luego el Marqués preguntó,

–¿Eso es lo que tú quieres?

Carola hubiera querido gritar que era precisamente lo último que deseaba.

¿Cómo iba a querer alejarse de cuanto le era familiar y vivir donde nunca podría verle? ¡Sería una tortura inimaginable! Pero se limitó a decir,

–Es… lo único que podemos hacer.

–¿Y has planeado todo eso sin consultarme?

–Bueno, yo… sólo pensaba en tí. Así tendrás la Presidencia de la compañía sin ninguna dificultad. Eso para tí es muy importante. Lo es también para tus amigos y, desde luego, para mi hermano.

—Eres muy generosa y muy buena— dijo el Marqués—, pero también muy tonta.

—No... no sé... por qué dices eso— tartamudeó Carola.

—¿Crees de veras que voy a dejar que sacrifiques tu vida entera sólo para ganar yo dinero y la posición que éste puede proporcionarme?

—¡Oh!... yo estaré bien— dijo Carola con voz ahogada.

—¡Pero yo no! Sin embargo, es maravilloso que pienses en mí. Estoy profundamente conmovido, Carola.

—Entonces... ¿harás lo que sugiero?

—¡Por supuesto que no!

Carola se puso rígida.

—Pero debes... debes comprender...

—Comprendo que ya has contestado la pregunta que pensaba hacerte en cuanto tuviera oportunidad.

—¿Una... pregunta?

—Sí, y muy simple. Necesito saber, Carola, qué sientes respecto a mí, no como alguien que ayuda a Peter al tiempo que a sí mismo, sino como hombre.

Carola lo miró con fijeza y le pareció irresistiblemente atractivo a la luz de la luna, lo cual hizo que su corazón latiera casi debocado.

El Marqués tenía un brazo extendido sobre el respaldo del banco, por detrás de ella.

Carola, turbada por su cercanía, se esforzaba por hallar una respuesta y al fin dijo titubeante,

—Yo... te admiro mucho... Creo que eres muy inteligente y... sabes hallar una solución para todo...

Sin embargo, para este problema… no hay mas solución que la mía.

–En eso estás equivocada. Mi solución es mucho mejor que la tuya. Como te estaba diciendo, ya me has dado la respuesta a la pregunta que pensaba hacerte.

Carola, sin entender lo que quería decir, lo miraba con expresión interrogadora.

–Si eres sincera– dijo el Marqués–, debes admitir que me quieres un poco.

Carola se estremeció. No era lo que esperaba que él dijera. Sintió que las mejillas le ardían y volvió hacia otro lado la cabeza. Se le antojaba humillante que el Marqués se hubiera dado cuenta de que lo amaba y sintiera compasión por ella, ya que él amaba a otra mujer.

–Es importante para mí saber la verdad, amor mío– añadió él–, porque, aunque estaba temeroso de asustarte si te lo decía, ya no puedo callar más,

–¡Te amo con todo mi corazón!

Por un momento, el mundo entero pareció volverse del revés.

Carola pensó que no había oído bien. Después, cuando iba a preguntarle qué decía, segura de que no podía ser cierto, los brazos de él la rodearon.

La atrajo hacia su pecho y antes de que ella pudiese abrir los labios para hablar, se los cubrió con su boca. La besó con ternura y, al mismo tiempo, de forma posesiva. Carola pensó que debía de estar soñando.

Aquello era lo que estaba deseando desde la primera vez que él la había besado. El beso de ahora fue muy diferente, y Carola sintió que se estaba apoderando de todo su ser.

El amor que sentía por él invadió todo su cuerpo con un éxtasis indescriptible. Era una maravilla que superaba cuanto ella hubiera podido imaginar. Mientras el Marqués la estrechaba con más fuerza contra su pecho, pensó que si moría en aquel momento, ya habría conocido en la tierra la perfección del paraíso.

Cuando él levantó al fin la cabeza, Carola logró decir con la respiración agitada,

—¡Te amo... claro que te amo! Pero nunca pensé que tú... pudieras amarme a *mí*.

—Te amo desde el primer momento en que te vi– declaró el Marqués–. No podía creer que pudiera haber una mujer tan hermosa. Pero, amor mío, tenía mucho miedo de asustarte como hizo Cumbria.

—Yo... nunca hubiese podido tener miedo de ti– murmuró Carola.

—¡Nunca volveré a permitir que nadie te asuste!– prometió el Marqués.

Sus labios volvieron a cubrir los de ella y la besó hasta que Carola se sintió segura de que ambos habían volado al cielo y las estrellas los envolvían en su resplandor.

Después, mientras ella, casi desfallecida, apoyaba la cabeza en su pecho, el Marqués murmuró,

—Mi cielo, amor mío..., ¿cómo es posible que seas tan perfecta? ¿Cómo es posible que puedas hacerme sentir de esta manera?

—¿Tú me amas... *realmente* me amas?– preguntó Carola–. Creí que estabas enamorado de...

Él le puso una mano sobre los labios.

—Nunca he amado a nadie más que a ti– dijo–. Ha habido mujeres en mi vida, por supuesto que sí.

Disfrutaba de ellas porque eran hermosas. Pero lo que siento por ti, mi amor, es completamente diferente.

–¿*Diferente*… en qué sentido?– preguntó Carola.

–Me llevará mucho tiempo decírtelo, pero será más fácil a partir de mañana por la noche.

–¿Mañana por la noche?– preguntó ella, desconcertada.

–Vamos a casarnos privada y secretamente aquí en la Capilla, tan pronto como yo vuelva de Londres.

Carola creyó que no había oído bien.

–¿*Casarnos?*–murmuró.

–Te he dicho que mi solución era mejor que la tuya– sonrió el Marqués–. Lo tengo ya todo bien planeado.

Carola lanzo una breve risilla ahogada,

–¡Debí suponer que así sería!

–Y debiste haber confiado en mí. Esto es algo que vengo planeando desde que me di cuenta de que no podía vivir sin ti. Decidí sin importar el tiempo que me llevara, lograría convertirte en mi esposa.

–Quiero… ser tu… esposa, ¡lo deseo con desesperación! Pero…, ¿estás seguro... de que soy la persona adecuada para ti? Además, ¿cómo podemos casarnos sin que el Señor Westwood… se dé cuenta de ello?

–Ya te he dicho que confíes en mí. Acordé con el Vicario, que es también mi Capellán Privado, que nos case mañana a las seis de la tarde. Nadie, excepto Dawkins, tendrá la menor idea de lo que está sucediendo ¡y él estará en guardia para impedir que alguien se entrometa o nos secuestre!

—Por favor, ¡asegúrate de que no lo hagan!— rogó Carola.

—Me aseguraré de todo, y ya se me ha ocurrido una explicación, que Westwood aceptará, respecto a por qué le dijimos que Peter era tu Primo y no tu hermano.

—¿Qué explicación?

—Le diré, una vez esté todo firmado y sellado, desde luego, que lo hice así para que no creyera qué yo pretendía imponerle a mis familiares al sugerir que Peter fuera miembro del Consejo Directivo de la compañía.

Carola emitió un murmullo, pero no lo interrumpió y el Marqués continuó,

Estoy seguro de que Westwood aceptará mi explicación como razonable. Además, le complacerá que Mary-Lee quede ligada más directamente a mi familia, puesto que serán cuñadas.

Carola rió.

—Estoy segura de que eso lo hará feliz. ¡Piensas en todo!

—Desde que nos conocemos no he podido pensar más que en ti. ¡Y no voy a permitir que nada te preocupe, te altere o te asuste nunca más!

—¡Te quiero!— exclamó Carola.

—Y yo quiero oírtelo decir una y otra vez. ¡Espero que me lo repitas continuamente durante nuestra luna de miel!

—¿Podemos disfrutar realmente de una luna de miel?

—Esa es mi intención. Después que nos casemos mañana y mientras Stevens, que desea quedarse como mayordomo en Brox Hall, organiza el servicio permanente de la casa, tú y yo nos iremos a nuestro Coto de Caza de Leicestershire.

El Marqués se detuvo un momento para sonreír a Carola antes de continuar diciendo,

—Habrá pocos vecinos que nos molesten en esta época del año, amor mío. Te tendré sólo para mí, para decirte lo mucho que significas en mi vida, cuánto te quiero y por qué considero que eres más hermosa que cualquier otra mujer que haya conocido.

—¿Lo dices en serio? ¿De veras piensas así?

Carola estaba pensando en la hermosa Lady Langley. Temía que el Marqués la comparase con ella y salir perdiendo.

—¡Te lo juro por mi vida!— exclamó él—. Te juro que eres más hermosa que cualquier mujer que haya visto y deseado. Deseo, como no he deseado nunca nada, ser tu dueño, poseerte y estar seguro de que eres mía y de nadie más.

Carola se acercó más a él.

—Eso es lo que yo quiero también— murmuró.

—¡Y así será! Por otra parte, amor mío, hay muchas cosas que podemos hacer juntos. Empezaremos por mejorar Brox Hall, de modo que vuelva a ser como en tiempos de mi abuelo, y haremos que sus habitantes sean prósperos y felices.

—¡Sí, hemos de conseguirlo!— dijo Carola, casi sin aliento.

—Hay otras muchas cosas que debemos hacer, no sólo en el terreno Social, sino también en el Político. Sé que tú me puedes ayudar en todas las causas nobles. Trataré de trabajar en el parlamento del modo mas eficiente, ahora, por fortuna, podré aportar no sólo tiempo, sino también dinero para remediar los problemas mas urgentes.

—Me encantará ayudarte en eso. ¡Eres tan maravilloso e inteligentes!

Él se echó a reír.

—¡Y no olvides que soy mago! Amor mío, esa magia será nuestro regalo a todos cuantos nos rodeen. Es la magia del amor—.

El amor con que soñaba y anhelaba encontrar algún día, aunque pareciera imposible.

—Perono lo era y yo… puedo dártelo a ti— murmuró Carola.

El Marqués no respondió con palabras.

La besó hasta que ambos temblaban por el placer y el éxtasis de su mutua cercanía.

La luz de la luna los envolvía y las estrellas parecían parpadear emocionadas en el cielo.

Mientras el Marqués la abrazaba cada vez con más fuerza, Carola comprendió que ya no eran dos personas, sino una, una indivisiblemente unida, de aquí a la eternidad.

97032649R00093

Made in the USA
Columbia, SC
05 June 2018